AF198270

Ralf Neubohn

Nicolas Lange

Mord beim veganen Lieferservice und Imbiss

Ein Merlin Fantasy-Krimi in großer Schrift

Ralf Neubohn

Nicolas Lange

# Mord beim veganen Lieferservice und Imbiss

## Ein Merlin Fantasy-Krimi in großer Schrift

Copyright © Ralf Neubohn 2023
Erste Auflage, 2023

Druck und Distribution im Auftrag des Autors:
tredition GmbH, Heinz-Beusen-Stieg 5, 22926 Ahrensburg, Germany

Das Werk, einschließlich seiner Teile, ist urheberrechtlich geschützt. Für die Inhalte ist der Autor verantwortlich. Jede Verwertung ist ohne seine Zustimmung unzulässig. Die Publikation und Verbreitung erfolgen im Auftrag des Autors, zu erreichen unter: tredition GmbH, Abteilung "Impressumservice", Heinz-Beusen-Stieg 5, 22926 Ahrensburg, Deutschland.

Print ISBN: 978-3-3840-8624-2
E-Book ISBN: 978-3-3840-8625-9

Dieses Buch ist Stephanie und Nicolas gewidmet.

# Inhalt

## Vorwort

Äußerst bizarre Morde ereignen sich bei einem veganen Lieferservice. Ein Mitarbeiter nach dem anderen stirbt auf höchst ungewöhnliche Weise. Können die vegane Elfe und Merlin diesen sehr seltsamen Fall lösen, oder stoßen sie dabei an ihre Grenzen? Dieser 6. Fall ist einer der schwersten, den die Elfe jemals lösen musste. Zumal es auch noch zu einer grauenvollen Verschwörung des Bösen kommt.

Nicolas Lange schließt dieses Buch mit einer seiner originellen Geschichten ab. Sie dürfen darauf gespannt sein!

Viel Spaß beim Lesen unserer Texte!

# Ralf Neubohn

## Schulferien

Wie in allen Schulferien besuchte die vegane Elfe Shirly Sherlocklinchen ihre Schulfreundin Mandy Merlin auf Schloss Camelot. Dort meinte sie beim gemütlichen Abendessen: „Puh, Fleisch! Das schmeckt doch nach gar nichts! Lecker sind nur Pflanzen aller Art."

Mandy stichelte: „So wie z.B. Brenneseln, Rote Beete, Knoblauch?" Vor Ärger errötete die Elfe.

Merlin schob nach: „Selbst Pflanzen wissen, dass Fleisch am allerbesten ist."

„Wie kommen Sie denn auf sowas?", wollte Shirly erstaunt wissen.

„Nun, es gibt ja fleischfressende Pflanzen. Während es keine pflanzenfressenden Pflanzen gibt. Das beweist: Selbst Pflanzen mögen Fleisch am liebsten."

Mandy lästerte ironisch: „Meine liebe Shirly, irgendwann wird Dich in Notwehr eine Killererdbeere in die dreiste Nase beißen, denn die Killererdbeere will schließlich auch leben."

„Apropos Killer", rief die Elfe glücklich: „Für unsere nächsten Kriminalfälle lasse ich mich gerade im magischen Nahkampf ausbilden. Berufsziel: Detektivische Kampfelfe."

„Wozu denn das?", begehrte Merlin zu wissen. „Unsere Fälle sind doch schon lange gelöst, alle Mörder gefasst."

„Mein lieber Merlin", fuhr Shirly fort. „Wie in allen Krimis gibt es bald wieder neue Morde."

Merlin erbleichte. Er hatte wahrlich schon genug Morde erlebt.

# Logik

Mandy warf ein: „Ich glaube, Shirly hat Recht. Sie ist so eine Art veganer Sturmvogel. Wo diese Kampfelfe auftaucht, passieren Morde."

„Natürlich schlagen bald wieder Mörder zu", jubelte Shirly höchst zufrieden. „Ich muss ja schließlich unter dem Pseudonym Ralf Neubohn bald neue von uns gelöste Kriminalfälle veröffentlichen."

Merlin ging das zu weit: „Na, na, na, junge Dame. Wir leben doch nicht im wilden Westen, sondern in einem zivilisierten Land. Außerdem dachte ich immer, Mädchen wären so zart. Kampfelfen Ausbildung! Magischer Nahkampf! Nicht zu fassen! Wir leben doch nicht im Chicago der dreißiger Jahre, sondern im glücklichen Mittelalter!"

„Naja", meinte Mandy skeptisch. „In der Schule wird unsere Zeit eher als finsterstes Mittelalter bezeichnet. Was ja nicht gerade sehr positiv klingt."

Verdrossen rief Merlin: „Wir leben in guten Zeiten! Ich werde jetzt mit Euch in meiner Zauberkugel die magischen Nachrichten anschauen. Dann werdet Ihr kleinen, vorlauten Mädels schon sehen, wie gut unsere Zeiten sind."

# Die magischen Nachrichten

Armer Merlin! Kaum liefen die Nachrichten, ging es auch schon los: In London brach die Pest aus. In Cornwall schlug ein seltsamer Mörder zu, der eine Art Schleif- oder Kriechspur hinterließ. Im Norden verwüstete ein schreckliches Monster ganze Fischerdörfer und eine besonders böse Hexe betrieb ganz in ihrer Nähe schwarze Magie.

Shirly murmelte mitfühlend: „Ich weiß, alte Zauberer haben sehr, sehr zarte Seelen. Setzen Sie sich doch etwas in Ihren Lehnstuhl, während Mandy und ich schnell mal die Fälle lösen gehen. In einer halben Stunde sind wir dann wieder zurück."

Merlin ächzte: „Halbe Stunde? So lange dauert ja schon allein der Weg zu der bösen Hexe. Nix da! Eltern haften bekanntlich für ihre Kinder und deren Freundinnen."

„Als wären wir nicht schon erwachsen", murrten die beiden jungen Schulmädchen.

Junge Leute sind halt abenteuerlustig. Merlin war eher abenteuerfrustig, er hatte einfach schon zu viel erlebt.

# Mordserie

„Unserer Erfahrung nach, passieren immer wieder einzelne Mordserien. Aber wir haben noch nie mehrere Mordserien gleichzeitig erlebt. Eine Verschwörung? Der Versuch, England in die Anarchie zu stürzen?"

„Nun, nun, junge Dame. Was heißt hier Verschwörung? Die Pest kann überall zufällig ausbrechen. Das muss keineswegs Absicht von irgendwelchen bösen Leuten sein. Die Morde mit der Schleifspur können von einer verrückten Mörderomi begangen worden sein, deren Handtasche ihr nachschleift. Und Seeungeheuer – die gibt es schließlich schon immer", erklärte Merlin abwiegelnd, aber nicht erfolgreich.

Seine Tochter ergänzte: „Ach, ja? Und die schwarze Magie Hexe? Lebt die auch schon immer vor unserer Haustür?"

Merlin schwieg betroffen, während Shirly sich freute: „Au, fein! Da haben wir ja in den Schulferien viel zu tun: Killeromis, schamlose Nacktschnecken und Lehrerinnen."

„Wieso schamlose Nacktschnecken und Lehrerinnen?", wollte Merlin wissen.

„Ach, bekanntlich sind einige Lehrerinnen böse Hexen und die Schleifspur setze ich mit einer Art Killerschnecke gleich."

„Aha", nickte Merlin. „Und die Pest?"

# Die Pest

„Ja, darüber habe ich auch schon eine gute Arbeitsthese. Detektive müssen ja schließlich zu allen Kriminalfällen eine gute Theorie haben. Und zu der Pest in London lautet diese: Der Rattenfänger von Glasgow hat die Pest mit seinen Tieren ausgelöst, um England zu schwächen, bevor ein Angriff der schottischen Armee erfolgt."

„Blödsinn!", entfuhr es Mandy. „Es ist ganz klar eine Verschwörung von drei verschiedenen Massenmördern, die alle auf ihre eigene Art zuschlagen. Vielleicht mit dem Ziel, das Reich des Bösen zu errichten. Wie es so ähnlich die grässliche Moorhexe schon probierte, wie Ihr vielleicht noch wisst."

Vor Grauen schüttelte es die beiden anderen: „Ja, das wissen wir beide leider noch sehr genau. Aber die ist ja glücklicherweise gestorben."

Oberlehrerhaft stellte Shirly fest: „Das Böse stirbt nie! Lest endlich mal mehr Krimis! Im Finale fast jedes klassischen Krimis stirbt der Mörder und taucht im nächsten Buch wieder auf."

„Völliger Unsinn", schloss Merlin die Diskussion energisch ab. „Sie zerfiel vor unseren Augen zu Asche, da gibt es kein Wiederauferstehen von den Toten."

„In vielen Religionen aber schon", entgegnete Shirly altklug.

# Bald geht es los!

„Die Moorhexe vom Wabermoor war echt fürchterlich", sprach Shirly schaudernd.

„Noch schlimmer ist aber die alte Kräuterhexe, die jetzt neben mir sitzt", schmunzelte Mandy keck, worauf ihr die Elfe als deutliche Antwort die Zunge herausstreckte.

„Oh, Zungenbelag", grinste Merlin. „Da hilft nur langes auslüften. Vegan lebende Kühe machen das auch so."

Verärgert schwieg Shirly. Sie wusste nicht, dass die anderen sie nur aus Spaß neckten. Ihr Veganertum machte ihnen in Wirklichkeit nichts aus.

„Welche Hexe wohl neuerdings in unseren Wäldern mordet?", überlegte Merlin. „Der Finsterklammwald leidet ja an einer Hexenüberbevölkerung. Ob es eine der Sturmhexen ist? Oder eine der Besenhexen?"

Mandy schlug vor: „Ich tippe auf eine alte Sabberhexe. Und sie begeht nicht nur die Morde im Wald, sondern die Schleifspur in anderen Gegenden kommt von ihrem alten Besen."

„Du meinst wirklich, dass die Hexe aus purer Mordgier gleich für zwei Mordserien verantwortlich ist?", erkundigte sich Merlin.

„Ich denke schon", schloss Mandy das Thema vorläufig ab.

# Beratungen

Nach langem Nachdenken sprach Shirly: „Ich glaube das nicht. Das wäre zu einfach und Kriminalfälle sind nie einfach zu lösen. Aber in welchen der drei Mordserien sollen wir zu ermitteln beginnen?"

Da platzte Mandy überraschend heraus: „Oh, toll! Drei Mörder und drei Detektive! Jeder von uns löst einen der Fälle ganz allein."

„Das kommt nicht in Frage", stellte Merlin klar. „Wir schlagen mit geballter Kraft in jedem der Fälle zu. Schon allein deshalb, weil wir nicht wissen, wie stark die Mörder sind. Wir hatten da ja in der Vergangenheit schon ziemlich große Probleme."

„Aber jetzt nicht mehr!", rief Shirly keck. „Schließlich bin ich jetzt eine ausgebildete Kampfelfe. Meinen Zauberstabbajonettangriff hätte kein magischer Soldat besser machen können."

Merlin schwieg bei dieser Erinnerung betreten. „*Das war damals Rettung in höchster Not*", ging es ihm durch den Kopf.

## Mit welchem Fall beginnen?

„Die meisten Toten gibt es in London. Daher sollten wir dort beginnen", schlug Mandy vor.

„Pah", erwiderte Shirly. „In den großen Städten sterben jeden Tag so viele Leute im Straßenverkehr und bei Raubüberfällen, da kommt es auf ein paar Tote mehr nicht an. Ich finde, wir sollten bei dem Seeungeheuer beginnen. Wir müssen die armen, kleinen Fische retten, die es frisst."

„Ja, und die armen Fischer aber auch", ergänzte Mandy schockiert.

Merlin schlichtete den aufkommenden Streit: „Wir beginnen hier mit der Hexe, fahren dann nach London und von dort dann später in den Norden. So lösen wir alle drei Fälle problemlos nacheinander, ohne ständiges hin und her reisen. Schön, schnurgerade."

Mandy wisperte unüberzeugt: „Ja, sofern wir die Hexe in dem riesigen Wald so schnell finden. Davon abgesehen gibt es dort mehr Hexen als Fliegenpilze."

„Pilze sind lecker", ergänzte Shirly. „Wir können ja ein Körbchen mitnehmen und nebenbei Pilze sammeln", schlug sie freudig vor.

Merlin schimpfte: „Shirly! Dies ist eine Ermittlung in einer Mordserie und kein Picknick!"

Shirly seufzte enttäuscht.

# Der gescheiterte Versuch

Uneinsichtig versuchte es die Elfe nochmals: „Gibt es denn einen Unterschied zwischen Ermittlungen und einem Picknick? Bei beiden wird doch gesucht. Im einen Fall der Mörder, im anderen Fall Essen und ein guter Picknickplatz. Wir können doch das Angenehme mit dem Nützlichen verbinden. Vielleicht lockt der Essensgeruch die Hexe an! So schlagen wir dann zwei Fliegen mit einer Klappe."

Mandy zischte verärgert: „Shirly! Das reicht! Es geht hier nicht um eine nette Teegesellschaft, sondern um Morde!"

Shirly dachte: *„Abwarten und Tee trinken!"*

Merlin schlug vor: „Also begibt sich jetzt unsere Jagdgesellschaft auf eine Hexenexpedition und erlegt das gefährliche Wild."

Shirly murmelte: „Ich würde lieber Walderdbeeren erlegen."

Vegane Elfen, die sich einbilden Kampfelfen zu sein, sind halt so!

## Der Saugrüssige Fußpicker

Im Wald sahen die drei ein sehr seltsames Tier fliegen. Es ähnelte einem kleinen Elefanten mit riesigen Libellenflügeln.

„Was ist denn das?", wollte Mandy wissen.

„An Dir ist der Schulunterricht völlig vergeudet", triumphierte die Elfe. „Das ist ein Saugrüssiger Fußpicker. Ganz oben an seinem Rüssel ist ein sehr harter Vogelschnabel. Damit klopft er wie ein Specht an die Baumrinde. Sobald die Käfer rauskommen, saugt er sie mit seinem Rüssel ein."

„Gut", antwortete Mandy. „Aber was hat dieses merkwürdige Tier mit Füßen zu tun?"

„Naja,", fuhr die Elfe fort. „Die Saugrüssigen Fußpicker essen auch gerne Schuhleder, weshalb…"

Bevor der Satz beendet werden konnte, eilten alle schnell davon. Nicht dass unsere Freunde Angst hatten, aber für die lange Wanderschaft brauchten sie ihre Schuhe schließlich noch. Schuhlos durchs Leben zu gehen, ist nämlich eine schmerzhafte Sache, oder?

# Erkundigungen

Bei den anderen Waldbewohnern erkundigten sich unsere Helden nach der ganz besonders bösen Hexe. Verschreckt flohen alle Befragten ins Dickicht. Einige wenige zeigten dabei kurz nach Norden. An einem Bach sahen die Detektive die Nixe Nele. Diese unterschied sich von anderen Nixen durch ihre rosige Haut, was ihr den Spitznamen „Gar-Nele" einbrachte. Also Garnele.

„Hallo Garnele", rief Mandy vergnügt. „Äh, ich wollte sagen: hallo Nele! Hast Du die böse Hexe gesehen?"

Nele schüttelte das kleine Köpfchen. „Nein, habe ich nicht. Aber sie muss vor ein paar Stunden hier gewesen sein. Denn ich fand vor ein paar Minuten eine Art Menschengulasch in einem riesigen Kochtopf. Na ja, Ihr wisst ja, wie Hexen halt so sind."

Nervös bestätigten unsere Helden dies zitternd. Oh, ja! Aus vielen Abenteuern wussten sie LEIDER, wie Hexen sind.

Mandy drückte ihrer aller Gefühl aus: „Vielleicht sollten wir doch lieber erst in London ermitteln.."

Aber schließlich blieben die drei doch auf der Spur der Hexe.

# Der magische Fingerabdruck

Am Hexenkessel nahm Merlin voller schwerer Befürchtungen den magischen Fingerabdruck. „Oh, nein!",
schrie er entsetzt. „Wir jagen ausgerechnet SSS, also
Sonja Schauder-Sonett! Die gefürchtete Schweinshexe!"

„Was ist denn eine Schweinshexe?", wollte Shirly neugierig wissen. „Eine Mischung aus Schwein und Mensch?"

„Nein", flüsterte Merlin heißer. „Das Schwein im Namen
bezieht sich auf ihren Charakter."

Nun erbleichten auch die beiden Mädchen. Seltsamerweise rühmte Shirly nicht mehr ihrer angeblichen Nahkampfkünste, als es immer weiter nach Norden ging. Auf
dem Weg fanden die drei immer wieder abgenagte
Menschenknochen, Grillstellen mit nicht mehr zu erkennenden Resten darin. Auf was hatten sie sich da bloß
eingelassen!

## Die Falle

Merlin wusste, dass er einen Fehler beging. Zwei Merlins würden es schaffen, die mächtigste Hexe aller Zeiten zu stoppen. Ein Merlin und zwei sehr junge Mädchen jedoch nicht. Doch wollte er nicht kneifen und die Jagd abbrechen. Vielleicht gelang es ihnen ja, die Hexe in einem Überraschungsangriff zu überrumpeln. Den Überraschungsangriff gab es tatsächlich. Aber von der Hexe. Als unsere Helden an einem See standen, näherten sich von links und rechts der Rattenfänger von Glasgow und die Hexe Sonja Schauder-Sonett. Am Ufer des Sees stand ein Kahn. Merlin steckte trotz ihrer Proteste die Mädchen hinein und gab dem Kahn einen Stoß. Während dieser auf den See hinaustrieb, nahten hämisch kichernd die Bösen. „Na, gut! Ihr habt mich! Aber die Mädchen entkommen!" Aufgeheitert glucksend zeigte die Hexe zum See. Dort nahte den Mädchen das schon von früheren Abenteuern bekannte Seeungeheuer. Merlin konnte es rein zeitlich nicht schaffen, alle drei Feinde gleichzeitig zu stoppen. Was tun?

## Kraft

Außerdem hätte selbst die geballte Kraft von ihnen drei nicht gereicht, die drei Bösen zu stoppen. Merlin musste sich korrigieren. Die vier Bösen zu stoppen. Denn von vorn nahte nun auch noch der stets hungrige Lindwurm. Hätten sie ihm damals nur den Garaus gemacht! Jetzt standen vier erwachsene Böse und ein Haufen Ratten gegen einen Zauberer und zwei Mädchen. Dass ihre Kraft nicht ausreichen würde, konnte niemand in Zweifel ziehen. Die Endschlacht zwischen Gut und Böse stand also bevor, mit sehr ungünstigen Vorzeichen für die Guten.

„Endschlacht, das erinnert mich an etwas", sinnierte Merlin. „Hoffentlich fällt es mir schnell genug wieder ein."

Die Bösen nahten siegesgewiss, hielten noch nicht mal einen Fernzauber für nötig. Das war ihr großer Fehler, denn Merlin fiel die Rettung ein!

# Die Rettung

Der Zauberer beschwor für die Endschlacht von Gut und Böse Odin in seinem von Raben gezogenen Schlitten. Schon kam er durch die Luft angebraust, gefolgt von sämtlichen anderen nordischen Göttern, die seit Urzeiten im Norden Europas lebten. Die Schlacht, falls dies Gemetzel überhaupt so bezeichnet werden konnte, fiel fürs Böse hart und völlig vernichtend aus. Als unsere drei Helden danken wollten, rief Odin: „Keine Zeit! Wir haben heute noch viel zu tun! Bis bald!" Und schon brauste die nordische Schar davon. Merlin und die Mädchen begaben sich ziemlich erledigt nach Camelot zurück. Selbst Shirly zeigte keinerlei Lust auf weitere Abenteuer. Sie schrieb ihre aktuellen Erlebnisse für die Nachwelt nieder und wollte nur noch wie Merlin friedlich im Schaukelstuhl sitzen. Doch das Schicksal plante anderes für die drei. Wie schon angedeutet: Sturmvögel wie Shirly ziehen schreckliche Katastrophen an.

# Oh, nein!

Tage später saßen die drei noch immer völlig geschafft in Merlins bequemen Stühlen herum. Plötzlich erklang ein klägliches Piepsen.

Shirly erkundigte sich: „Ist das eine Maus oder hat die Zauberkugel eine Tonstörung? Ich hoffe doch, sie ist ausgeschaltet? Ich könnte es nicht ertragen, schon wieder in so einen schrecklichen Fall verwickelt zu werden."

Merlin hob erstaunt die Zauberkugel ans Ohr. „Nein sie ist auf off geschaltet. Sie ist so tot wie ein Brathähnchen."

Die vegane Elfe seufzte bei diesem Vergleich.

Mandy rief aufgeregt: „Oh, nein! Wir haben vergessen, den magischen Morseapparat ebenfalls auszuschalten!"

Shirly runzelte die Stirn: „Das hört sich aber nicht nach S.O.S. an! Dieses Geräusch für Save our souls kenne ich gut. Es ist aber etwas sehr ähnliches."

Nun seufzte der arme Zauberer abgrundtief: „Es ist S.O.V.S. Schrecklich!"

Mandy stutzte: „S.O.V.S.? Was ist denn das?"

„Save our vegan souls. Es wird von veganen Seefahrern benutzt. Aber auch von abgelegenen veganen Höfen."

Resigniert bettelte Mandy: „Wir werden doch sicherlich nicht darauf antworten? Von abgelegenen Orten oder gar Booten haben wir alle genug."

# Spekulationen

Die drei beschlossen sich taub zu stellen. Doch dies fiel ihnen bei diesem dauernden, die Phantasie anregenden Piepsen schwer.

„Ob wohl im Meer ein Gemüsetransporter am Sinken ist?", überlegte die Elfe.

Mandy schlug vor: „Vielleicht überfallen maskierte Kühe einen Heutransporter?"

„Oder Desperado Schafe stürmen einen Küchengarten?", ergänzte Merlin.

„Das ist gar nicht witzig", schmollte Shirly. „Es kann ja etwas wirklich Wichtiges sein! Hoffentlich reagiert bald jemand Anderes auf den Notruf!"

In diesem Moment klopfte es an der Tür und der Postbote brachte ein magisches Telegramm für den leidgeprüften Zauberer.

„Das war's!", ächzten alle traurig. Denn jetzt mussten sie den Notruf widerstrebend zur Kenntnis nehmen.

Neugierig drängte die Elfe: „Von wem ist es? Um was geht es denn nun eigentlich?"

Merlin zog einen Flunsch. „Es ist von dem veganen Lieferservice, bei dem Du Dein Essen bestellst. Dort häufen sich wieder die Toten."

„Das ist doch nicht möglich!", rief Mandy schockiert. „Der Lindwurm ist doch nun wirklich tot!"

Shirly grübelte: „Vielleicht gibt es dort noch weitere Lindwürmer?"

# Start ins Ungewisse

„Dann wollen wir mal unsere Rucksäcke packen", regte Merlin an. „Es wäre sehr gut, wenn Shirly wieder ihren angespitzten Zauberstab für den magischen Nahkampf mitnimmt. Wer weiß, ob es wieder Zeit für einen magischen Zauberstabbajonettangriff wird."

Dieses heiterte Shirly etwas auf. Sie liebte magischen Nahkampf!

Mandy weniger. Deshalb schlug sie vor: „Ich habe in Krimis gelesen, dass viele Detektive bequem daheim im Lehnstuhl sitzend ihre Fälle lösen. Wäre das nicht was für uns?"

Die Elfe lachte verächtlich auf: „Das ist was für scheintote Mumien wie Sir Ralphus, den muss man ja immer an den Tatort tragen."

Mandys Augen blitzten begeistert auf: „Apropos Mumien! Vielleicht gehen Killermumien um!"

Das Jagdfieber packte schon wieder die beiden Mädchen.

Wenig erfreut wiegelte Merlin ab: „Irgendwann werdet Ihr beide nach einem Fall bandagiert wie Mumien im Krankenhaus liegen."

Dies ließ kurz, sehr kurz, das Jagdfieber sinken.

„Ob wir vorsichtshalber Knoblauchkränze mitnehmen?", kam es von Mandy. „Vielleicht geht ein Vampir um?"

Merlin entfuhr: „Eher ein Killerkürbis, der den Leuten auf den Kopf springt!"

Na, sowas!

# Packen

Shirly stand mit einem riesigen Schrankkoffer in der Tür: „Ich habe schon meine paar Sächelchen für die Jagdexpedition gepackt."

Voll Panik schrie Merlin: „Ein paar Sächelchen? Wir reisen doch nicht an den Nordpool! Was ist da alles drin?"

Shirly belehrte ihn: „Alles, was wir brauchen könnten: magische Fangnetze, Angelruten, falls der Täter ein Mördergoldfisch ist. Knoblauchkränze für eine glorreiche Vampirjagd. Dann natürlich auch vorsichtshalber Holzpflöcke, geweihte Silberkugeln, der heilige Gral, falls jemand von uns verletzt wird, magische Notfallsignalraketen, eine Bestellliste für veganes Essen, eine Yeti-Wollschurschere…"

Mandy flüsterte entgeistert: „Wir können doch das alles nicht mitschleppen!"

„Aber natürlich können wir!", trumpfte Shirly auf. „Da wir nicht wissen, welche Art von Gegner wir haben, müssen wir mit allen Möglichkeiten rechnen."

„Aha", entfuhr es Merlin. „Und wenn der Täter eine tollwütige Brennnessel ist?"

Da hob Shirly triumphierend ein Schaf aus dem Schrankkoffer. „Der natürliche Feind von Brennnesseln."

„Du denkst wirklich an alles!", wisperte Mandy fassungslos.

# An den Tatorten

Wieder auf dem Hof des veganen Lieferservices angekommen, maulte einer der Köche: „Die wieder! Aber wagt es ja nicht, wieder in die Küche zum Naschen zu kommen! Hier liegt kein Toter rum!" Damit schlug er ihnen die Tür vor der Nase zu.

„Irgendwie scheinen wir hier nicht sehr beliebt zu sein", flüsterte Mandy gekränkt.

„Na, ja, das Drama letztes Mal war auch nicht gerade eine positive Erinnerung für die Leutchen", belehrte Merlin. Während der Besichtigung der zwölf Tatorte ergänzte er: „Ein sehr vielseitiger Mörder. Jede einzelne Tat geschah mit jeweils anderen Pflanzen, Bäumen, Ästen usw. Es sind eigentlich vegane Morde, da die Pflanzen allesamt zu den veganen Lebensmitteln gehören."

Das stimmte tatsächlich. Ein Opfer lag mit Brombeerheckenästen zu Tode gepeitscht auf dem Boden, ein anderes an Ranken an einem Baum aufgehängt. Dies alles ließe sich endlos fortsetzen, da alle Morde mit ganz verschiedenen Pflanzen begangen wurden.

# Das nächste Opfer

„So viel laufen!", beklagte sich Mandy. „Ich bekomme davon sicherlich Hühneraugen."

Shirly stichelte: „Die hast Du schon immer im Gesicht. Davon abgesehen gibt es außer Dir auf einem veganen Hof keine dummen Hühner."

Mandy schwieg beleidigt. Während des Weiterlaufens stolperte die Arme über einen neuen Toten. „Nanu? Woran ist der denn wohl gestorben?", fragte sie. „Keine Spuren zu sehen."

Merlin untersuchte den Toten: „Das wäre was für Gorilla Gerichtsarzt. Aber ich würde vorschlagen: Mit Giftpilzen in eine andere, bessere, vegane Welt befördert."

Dem verzerrten Gesicht nach schien dies zu stimmen. Ein paar Meter weiter fanden die drei eine Kochstelle mit verschiedenen Töpfen. In dem einen lagen versteckt unter Steinpilzen und Champions Knollenblätterpilze.

„Nichts einfacher als das", sprach Shirly. „Der Täter mischte die Giftpilze einfach unbemerkt zwischen die anderen. Aber warum?"

Eine gute Frage. Wozu so viele gräuliche Morde? Welches Motiv lag dem wohl zu Grunde?

## Zeugen?

„Meine Schuhsohlen sind vom Ermitteln schon ganz ab-gelaufen", meckerte Merlin.

„Du solltest Dich wie der Zauberer Sir Ralphus in einer Sänfte tragen lassen", schlug seine Tochter vor.

„Gar keine so schlechte Idee", gab Merlin zu. „Zwei Sänftenträgerinnen habe ich ja schon."

Beide Mädchen erwiderten gleichzeitig: „Pah!"

Zwischen all diesen Kabbeleien verhörten die drei die zahlreichen Hofmitarbeiter, welche zwar oft Ächzen und Stöhnen zu den Tatzeiten hörten, sich aber nichts dabei dachten. Zuerst wunderten sich unsere Detektive darüber. Aber als sie die vielen Männer sahen, die schwere Säcke mit Lebensmitteln schleppten oder in der prallen Sonne die Beete umgraben mussten, fanden auch unsere Helden es verständlich. Ständig erklangen klägliche keuchende Laute. Leider erleichterte dies die Ermittlungen nicht.

Mandy bruddelte: „In Krimis gibt es immer Tatzeugen! Aber in den vielen Fällen, die wir geklärt haben, gab es noch nicht einen einzigen."

„Doch diesen!", erwiderte Merlin. Vor ihnen lag der Zeuge, ein Kürbis.

# Erschlagen

Neben ihm ruhte der Tote. „Von einem Kürbis erschlagen, dieser Mörder hat echt Phantasie", staunte Merlin.

„Etwas mehr Spuren und weniger Phantasie des Täters wäre mir lieber", nörgelte Shirly.

Mandy gab zu bedenken: „Eigentlich solltest Du Dich freuen und heimlich naschen! So viel veganes Essen pflastert unseren Weg."

Die Elfe errötete. In ihren Taschen lagerte einiges Essbare von den diversen Tatorten. Leider auch Flecken Machendes wie die Brombeeren, wie sie später bemerkte.

Merlin überlegte: „Eigentlich müssten wir doch bald alle möglichen Arten von Morden mit Lebensmitteln durch haben."

„Ach, das würde ich nicht sagen", fiel ihm Shirly ins Wort. Doch bevor sie die zahlreichen anderen Arten erwähnen konnte, stoppten ihre Weggenossen entsetzt ihren Redefluss.

# Überlegungen

Shirly brummte: „Alte Spielverderber! Die gönnen einem auch keinen einzigen Spaß!"

Merlin brachte alle auf das wichtige Thema: Warum? Bei derartig vielen Morden konnte es nicht an der Persönlichkeit der Opfer liegen. Das Motiv musste also mit etwas ganz Anderem zu tun haben. Neidische Konkurrenten? Hass auf die Hofbewohner ganz allgemein? Rache an den dem Besitzer? Sollte er in die Pleite getrieben werden oder in die Flucht gejagt?

Mandy flüsterte fassungslos: „Werden Schuhe in Firmen hergestellt oder auf Äckern geerntet?"

Der Zauberer erkundigte sich: „Hast Du von den giftigen Pilzen genascht? Was soll denn diese Frage?"

Mit zitternden Fingern zeigte Mandy auf einen Schuh, der aus der Erde herausragte. Schnell ergaben die Nachforschungen, dass der Schuh noch an einem Fuß saß und dieser leider zu einer im Kartoffelacker vergrabenen Leiche gehörte. Das Ganze schien eine Art Saat des Bösen zu sein.

Merlin seufzte: „Du meine Güte! Wie geht das bloß weiter?"

# Befragungen

Alles und jeder in der Umgebung wurde befragt. Selbst eine Vogelscheuche erhielt von Mandy neugierige Fragen, ob ihr nichts aufgefallen sei. Erst als Shirly laut auflachte, fiel Mandy ihr peinliches Missgeschick auf.

Alle Befragten hatten genauso viel zu sagen, wie die Vogelscheuche: nichts! Nun stellt sich der gewiefte Leser die Frage: Warum nahm Merlin nicht einfach einen magischen Fingerabdruck? Eine gute Frage. Die Antwort lautete: Es ging nicht. Sehr starke magische Frequenzen überlagerten jeden Versuch zu zaubern. Nicht einmal nachts gelang es, das Lagerfeuer per Magie zu zünden. Mühselig funktionierte es nur durch Feuersteine klopfen bzw. reiben. Woher kam bloß nur dieses magische Störfeuer? Ein Trick des Feindes die Untersuchungen zu stören oder lauerte irgendwo ein extrem starker Gegner, mit extrem starker magischer Ausstrahlung? Eine Art Übermagier? Ein riesiger Zauberdrache? Eine Horde Hexen?

# Prost!

Eines Morgens jammerte Mandy: „Ich habe Durst, lasst uns auf den Hof zurückkehren und unsere Trinkwasserflaschen auffüllen."

Shirly holte aus ihrem riesigen Schrankkoffer, der glücklicherweise Räder besaß, große Feldflaschen. Während die drei zum Hof liefen, stand der Schrankkoffer in aller Ruhe weiterhin unter einem Tarnnetz auf einer Wiese. Um einen Begriff von der Größe des Koffers zu geben, sei darauf hingewiesen, dass er so große mit Kissen ausgestattete Schubladen besaß, dass jeder unserer Freunde eine Schublade als Bett nahm.

Auf dem Hof sagte Shirly genussvoll aus einem Apfelsaftfass trinkend: „Dieser Apfelsaft hat einen ganz besonderen Geschmack."

Merlin würgte hervor: „Stimmt. Beachte die Leiche auf dem Boden des Fasses!"

Die arme Elfe gab den Saft wieder von sich und floh schreiend. Die Untersuchungen des momentan nur als Duo agierenden Detektivgespanns ergaben: Ertränken. Welch ein erfinderischer Mörder! Bald hatte er nun wirklich alle Mordarten durch, oder?

## Shirly

Als Shirly vom Ort des Schreckens floh, kam die Arme vom Regen in die Traufe. Also an den nächsten Tatort. Auch hier erfolgte der Tod durch vegane Lebensmittel. Nämlich per Steinigen durch Walnüsse. Der Täter musste verrückt sein. Anders ließ sich dies alles nicht mehr erklären. Offensichtlich besaß er einen sehr makabren, äußerst schwarzen Humor. Denn morden ging ja per Messer oder Ähnliches viel schneller. Beim Steinigen verging viel Zeit. So viel Zeit, dass in jedem Augenblick ein anderer Hofarbeiter zufällig vorbeikommen konnte. Oder steckte etwas anderes als Verrücktheit dahinter? Aber was? Schluchzend flüsterte Shirly: „Ich will in den Detektivruhestand gehen. Es wird mir alles zu viel!" Hätten die beiden anderen dies gehört, hätten sie ihr einstimmig Recht gegeben. Aber jetzt gab es kein Zurück mehr. Der Fall musste gelöst werden. Sofern eine Lösung überhaupt gefunden werden konnte.

# Die Elfe

Shirly hatte nicht mal mehr Lust auf magischen Nahkampf mit dem Täter. Sie wollte nur noch nach Camelot
in Merlins magischen Schlafschaukelstuhl. Die anderen
dachten Ähnliches. An das Schlafsofa und an das Bären-
fell vorm warmen Kamin. Doch langsam gewann die
Elfe ihre alte Energie zurück.
„Ich bin Shirly Sherlocklinchen, die berühmte Detektiv-
elfe und ich werde diesen Fall lösen!", rief sie über die
menschenleeren Felder. In Gedanken fügte sie hinzu:
„Hoffentlich!"
Zu den anderen zurückgekehrt, beratschlagten die drei
lange, was noch zu tun übrig blieb. Es gab keinerlei
Spuren, keine Zeugen, der magische Fingerabdruck zeigte
nur: „Error!" an. In welche Richtung sollten die Ermittlungen fortgesetzt werden? Was hatten sie übersehen?
Mussten unsere Detektive geschlagen heimkehren? Welch
eine unvergleichliche Blamage wäre das! Dazu: Der
Täter musste gestoppt werden, da sein Blutdurst scheinbar
unstillbar war.

## Die Lösung steht bevor

Merlin fiel es als Erstem auf. An einer bestimmten Stelle des Waldes flogen besonders viele Krähen und Raben. Die drei eilten in diese Richtung. So schnell, dass sie eine mit Weinranken erdrosselte Leiche übersahen. Welches Geheimnis wartete auf sie im Wald? Vielleicht eine Falle? Doch daran dachte keiner von ihnen, nur die Neugier trieb sie an. Die Vögel flatterten ohne Angst herum, beachteten unsere Helden gar nicht. Doch irgendwas stimmte mit ihnen nicht. Denn sie jagten gar nicht wie für Vögel üblich Würmer, Fliegen oder Käfer. Sehr seltsam. Aber unseren Freunden fiel es leider nicht auf. Immer tiefer ging es in den dunklen Wald, aus dessen Mitte es hell leuchtete. Des Rätsels Lösung lag genau hier vor ihnen. Aber was konnte es bloß sein? Kamen unsere Helden rechtzeitig an?

# Die Lösung

Mitten im Wald stand ein großer, leerer Altar, aus dem heraus es leuchtete. Ein magischer Ort, an dem Magier oder Priester alter Götter ihre Riten abhielten. Ein Ort, an dem Menschen ohne Opfergabe nicht sein sollten. Und dann fiel ihnen die Lösung des Falles ein! Der vegane Hof florierte mehr als die anderen Höfe in der Umgebung. Hier wuchsen mehr und größere Pflanzen als sonst in der Welt. Dies verdankte er nicht besonderer Pflege, sondern einer alten Gottheit, welche für Früchte zuständig war. Da aber die Hofbewohner wegen der vielen Arbeit das Opfern vergaßen oder meinten, der Erfolg läge allein in ihrer Arbeit, wuchs der Zorn des Gottes und er schlug im wörtlichen Sinne zu. Benommen von dieser Erkenntnis kehrten die drei auf den Hof zurück und berichten dies. Scheinbar kamen von nun an die Hofbewohner ihrer Opferpflicht nach, denn von nun an gab es dort keine Toten mehr.

## Das Gespräch

Lange Zeit danach meinte Shirly in Merlins Schaukelstuhl wippend: „Ob wir uns das nur eingebildet haben? Vielleicht wachsen dort irgendwelche Kräuter, deren Geruch Visionen hervorrufen?"

Mandy nickte: „Ja, sicherlich. Die Täter waren bestimmt nur Priester eines Gottes, den es in Wirklichkeit nicht gibt. Schließlich weiß jeder, dass nordische Götter nicht existieren."

Merlin warf ein: „Ja, so wie zum Beispiel Odin, nicht wahr? Der war damals wohl auch nur eine Vision und unsere Feinde haben sich selbst getötet? Wenn Ihr solchen Unsinn redet, wird es Zeit für Euch schlafen zu gehen."

Mandy murmelte: „Ich bin noch gar nicht müde", woraufhin sie sofort einschlief.

Ähnlich wie Shirly.

Merlin bewachte den Schlaf der beiden Mädchen und sinnierte: „Hoffentlich kommen wir nun in ruhigeres Fahrwasser. Wir haben jetzt wirklich genug Abenteuer erlebt. Aber so ein Sturmvogel wie Shirly zieht sicher neue Fälle an! Um was es wohl in unseren nächsten Abenteuern geht?" Dann nickte auch er ein.

Den erholsamen Schlaf haben sich unsere Freunde auch wirklich verdient. Gönnen wir ihnen diesen, bis zum nächsten Fall.

# Frühstück

Gemütlich saßen der Zauberer Merlin, seine junge Tochter Mandy und deren Schulfreundin Shirly beim Frühstück. Wie es bei jungen Menschen so üblich ist, kabbelten die beiden Mädchen sich wieder einmal.

Mandy sagte: „Shirly hat ja spannenden Bücher über unsere Abenteuer geschrieben. Durch das Pseudonym Ralf Neubohn tat diese Angeber Elfe aber so, als sei sie neutral. Dabei stimmt das gar nicht."

Shirly erwiderte erstaunt: „Wie kommst Du auf sowas?"

Mandy meinte ihr Brot kauend: „Na, nimm als Beispiel den Zauberstabbajonettangriff gegen das schreckliche Monster. In dem betreffenden Buch steht, Du hättest dem Untier Dein Zauberstabbajonett in den Rachen gerammt. Dabei war ich es."

„Du?", lachte die Elfe. „In Wirklichkeit hast Du Dir vor Aufregung Deinen eigenen Zauberstab in die eigene Nase gesteckt. Diese sah hinterher wie eine Krautrübe aus."

Mandy errötete, denn nun fiel ihr alles wieder richtig ein. Hätte sie doch lieber den Mund gehalten!

Merlin schmunzelte. Da er selber immer wieder alle Bücher aus Shirlys Krimi Reihe stets von neuem las, passierten ihm solche Patzer nicht.

# Lecker?

Die vegane Elfe spähte skeptisch auf Merlins Brot: „Was ist denn das?", erkundige sich Shirly.

„Schinken von glücklichen Schweinen."

Das arme Mädchen schüttelte sich angeekelt. „Igitt, was Ihr beide alles so essen tut! Eklig! Merkt Euch, man ist, was man isst! Probiert doch lieber mal Mehlwürmer!" Nun erbleichten die beiden anderen. Die Elfe fuhr fort: „Warum sagten Sie – Schinken von glücklichen Schweinen?"

„Nun", antwortete Merlin gravitätisch, „weil sie das sind. Als die Tiere als Schinken endeten, hatten sie das große Los gezogen. Das schwere Leben im tiefsten Mittelalter liegt hinter ihnen. Möchtest Du etwas Rühreier mit Speck?"

„Bäh!", entfuhr es der kecken Elfe. „Probiert doch heute Abend lieber mal leckeres, veganes Essen aus. Ihr werdet beide begeistert sein"

„Gut", seufzte Merlin schon vorab leidend. „Welche Firma empfiehlst Du?"

Die Elfe zog aus ihrem Gewand mehrere Prospekte. „Rein zufällig habe ich gerade von einigen veganen Lieferfirmen Reklame."

„So ein Zufall", murmelte Mandy skeptisch.

# Die Firmen

„Also", fuhr Shirly ungerührt fort. „Da ist die Firma ‚Heuschrecke & Co' oder wie wäre es mit dem radikal veganen Lieferservice ‚Tod den Fleischessern'?"

„Ich glaube allein schon von den leider vielversprechenden Namen her, dass wir was anderes wollen", flüsterte Mandy heißer. Merlin nickte sehr blass.

„Ihr solltet Euch nicht so anstellen", kommentierte die Elfe. „Wer vegan lebt, wird sehr alt."

Mandy entgegnete spitz: „Das haben wir an Deiner Zwillingsschwester gesehen. Die sieht aus wie ein verschrumpelter Knollenblätterpilz und ist im Gespräch genauso ungenießbar."

Dieses Mal errötete Shirly, weil dies zum Teil sehr genau stimmte. Allerdings nur der Teil mit der Ungenießbarkeit.

„Wie wäre es mit der Firma, bei der Du immer bestellst?", erkundigte sich Merlin. „Ich glaube sie heißt ‚Schweinebacke und Kalbsfuß.'"

„Nein", zischte die erboste Elfe. „Natürlich nicht. Mein Lieferservice hat den schönen Namen ‚Krabbelkäfer, Schleimschnecke & Co'."

Merlin ächzte nur, Mandys Gesicht bekam einen grünlichen Schimmer. Die Armen.

## Abendessen

Merlin hielt Wort und bestellte ein leckeres Abendessen.

Shirly rief verzückt: „Sieht das lecker aus! Was ist das alles?"

Merlin erläuterte wichtigtuerisch: „Veganes Brathähnchen, vegane Schweinshaxe und vegane Rehkeule. Der vegane Hasenbraten ist übrigens besonders lecker."

Alle genossen das Essen sehr.

Shirly rief begeistert: „Seht Ihr, wie toll veganes Essen ist?" Merlin schmunzelte. Elfen waren doch sehr naive Wesen. Doch sein Gesicht wurde schnell ernst, als die Elfe erstaunt wisperte: „Was ist das für ein Prospekt? ‚Lieferservice Kalbskopf, Eisbein & Co'?"

Tja, wie sich da schnell rausreden? Merlin und seine Tochter Mandy mochten Shirly sehr gern, foppten diese allerdings auch sehr oft. Und wie jetzt ging das manchmal auch sehr weit. Auf keinen Fall wollten die beiden ihr weh tun. Da kam Merlin die rettende Idee: „Der Prospekt ist ein Fehldruck. Der Drucker vergaß das Wort ‚Anti'. Die Firma heißt nämlich richtig: ‚Antikalbskopf, Antieisbein & Anti & Co'." Beruhigt atmete die Elfe auf. „Da können wir jetzt öfters bestellen. Sehr lecker!"

## Action

„Eigentlich könnte ENDLICH einmal wieder etwas Aufregendes passieren! Bei Euch ist es zwar sehr schön, aber wir Kampfelfen ziehen spannende Krimi-Abenteuer vor. Action ist unser Leben!"

Mandy seufzte tief: „Ich finde, wir haben schon mehr als genug Kriminalfälle gelöst. Ich habe es satt!"

Shirly schmunzelte: „Ich könnte noch einen Krimi-Nachtisch vertragen!"

Jetzt gab Merlin ein keuchendes Röcheln von sich, welches mehr als alle Worte seine wohlerwogene Meinung kundtat. In diesem Moment klingelte Merlins Zauberkugel, deren magischer Anrufbeantworter sofort ansprang: „Sie sind verbunden mit Merlins Zauberhaftem Detektivbüro, leider sind wir alle gerade bei gefährlichen Ermittlungen. Sobald wir unsere Fälle wie immer in Nullkommanix gelöst haben, rufen wir sofort zurück." Shirlys Augen glänzten begeistert, die beiden anderen versteckten sich zitternd unter dem Tisch. Sie erinnerten sich zu genau an die letzten beiden Fälle.

## Blankes Entsetzten

Doch auch Shirly verging die Freude. Denn der magische Zoo Camelots rief wegen besonders schrecklicher Morde an. Da es dort die allergefährlichsten Monster gab, begaben sich nur besonders wagemutige Besucher hin, welche nicht selten als Zwischendurchmahlzeit endeten. Als Täter kamen stets alle Tiere des Zoos in Frage. Da es an solchen Orten viel frei wabernde Magie gab, konnte auch kein magischer Fingerabdruck genommen werden, was die Ermittlungen extrem erschwerte.

Shirly flüsterte kreidebleich: „Am besten tun wir so, als seien wir nicht da."

In diesem Augenblick sprang das magische Faxgerät an und druckte Bilder der zahlreichen verstümmelten Opfer aus.

„*Oh je, lieber unter'm Bett verstecken!*", ging es Merlin durch den greisen Kopf. „*Im grausigen magischen Zoo ermitteln ist das Übelste, was es gibt.*" Er schlich zum größten Bett, konnte aber nicht gleich darunter kriechen, denn dort lagen schon die beiden zitternden Mädchen.

## Heile Welt?

Shirly sehnte sich jetzt nach einem ruhigen Aufenthalt bei ihrer Cousine Kleckselinchen, welche auf einem magischen Lama- und Alpakahof lebte. Dort ereigneten sich zwar auch viele Abenteuer, über welche Kleckselinchen unter dem gemeinsamen Familienpseudonym Ralf Neubohn schrieb, aber es waren meist eher heitere Erlebnisse. Was aber ihre Cousine Kleckselinchen durchaus anders sah. Im turbulenten, gefährlichen Alltagschaos sehnte diese sich oft nach einem ruhigen Leben beim Zauberer Merlin in Camelot. Merke: Das Gras ist stets da grüner, wo man nicht ist. Oder: alles hat seine Vor- und Nachteile. Wer die aufregenden Abenteuer vom magischen Lama- und Alpakahof gelesen hat, weiß dass es Kleckselinchen keineswegs besser ging. Da waren das Auftauchen von Anubis und Phönix, das schreckliche Seeungeheuer, der Tyrannosaurus Rex und zahlreiche andere, keineswegs harmlose Abenteuer. Von der grässlichen Medusa ganz abgesehen. Doch kehren wir zur armen Elfe Shirly Sherlocklinchen zurück. Diese lag noch immer zitternd mit den anderen unterm Bett. Ihr ging es durch den Kopf: *„Der Krug geht so lange zum Brunnen, bis er bricht.“* Ein nicht gerade beruhigender Gedanke.

# Flucht!

Plötzlich segelten mehrere magische Telegramme von der Zimmerdecke herab. Es schneite förmlich den Fußboden zu. Niemand konnte nun noch behaupten, von dem neuen Fall nichts gewusst zu haben.

„Wenn wir noch lange unterm Bett bleiben, ersticken wir in der Telegrammflut", stellte Mandy bedauernd fest.

Merlin gab ihr Recht: „Ja, das stimmt. Lasst uns hier abhauen und irgendwo verstecken, bis alles vorbei ist."

Shirly nickte: „Gute Idee. Auf dem magischen Lama- und Alpakahof meiner Cousine?"

Kreidebleich rief Merlin: „Nein! Auf keinen Fall! Da sind doch dieser feuerspuckende Drache und die extrem schussligen Hofbewohner. Wir gehen lieber auf den Hof des Detektiv-Alpakas Watselinchen. Da passiert zwar auch einiges, aber nicht so viel magisches Chaos! Wenn ich nur an das schreckliche Hofcafé von der Hexe denke! Nein, bei Watselichen ist es viel ungefährlicher."

Dachte er. Doch gerade in diesem Augenblick schlug dort ein Serienmörder zu, worüber in ‚Mord auf dem Alpaka- und Lamahof' vor kurzem berichtet wurde. Also vom Regen in die Traufe?

# Entdeckt!

Leise schlichen die drei aus dem Haus. Doch eine Jagd-gesellschaft mit langrüssigen Fußschnüfflern entdeckte die Flüchtigen schnell.

Merlin sprach keineswegs überzeugend: „Wir waren gerade auf dem Weg zum Zoo."

Die Teilnehmer der Jagdexpedition für flüchtige Zauberer brachte unsere Helden ironisch lächelnd bis zum Eingang des Zoos. Mit reingehen wollten sie lieber nicht. Denn diesen magischen Zoo zu besuchen war etwas für jugendliche, die Mutproben ablegen mussten. Aber für Väter, welche eine Familie ernährten, kam es nicht in Frage. Unsere drei Detektive betraten nun „freiwillig" den Ort des Schreckens. Lange fragten sie einen Zoo-wärter aus, der angeblich von nichts wusste und der keines-wegs irgendein Kampfgeräusch gehört haben wollte. Zuerst wunderten sich die drei darüber, bis unsere „frei-willigen" Helfer bemerkten, dass ihr Gesprächspartner zu den Schrumpelohrzwergen gehörte, die aufgrund ihrer äußerst verschrumpelten Öhrchen extrem schlecht hörten. Vielleicht behauptete er aber auch nur aus Angst nichts zu wissen?

Mandy murmelte leise: „Macht nichts, wir wollten ja gerade sowieso wieder heimgehen."

Leider ging dies nicht, da die Jagdexpedition den Aus-gang vorsichtshalber versperrte. Pech gehabt.

## Zeugen?

Als Nächstes befragte Shirly einen Straßenkehrer, der immer wieder nur wiederholte nichts gesehen zu haben. Shirly stellte kategorisch fest: „Als Straßenkehrer kommen Sie doch viel herum. Irgendwo müssen Sie doch einmal etwas Verdächtiges gesehen haben."

Der Mann tippte auf seine Armbinde und sprach: „Nein, denn ich bin blind."

Mandy murrte ungeduldig: „Bist Du aber blöd Shirly. Ich zeige Dir, wie es richtig geht."

In einer Halle öffnete das Mädchen einen Sarkophag, doch die Mumie darin erklärte nur: „Wisst Ihr, ich komme nicht mehr viel herum. Aber fragt doch mal den Vampir im Sarg nebenan."

Unsere Freunde bedankten sich und öffneten den Sarg des Vampirs.

Der sprach: „Uah! Das muss ich leider alles verschlafen haben, aber…" Weiter kam der Arme nicht, da ihn ein Sonnenstrahl durchs Fenster traf. Dem nun zu Staub gewordenen Vampir dankten die Detektive und trabten weiter.

Shirly stichelte: „Ich bin ja so froh Mandy, dass Du mir gezeigt hast, wie man Zeugen richtig verhört."

Als Antwort sah sie als eine Art rote Karte die Zunge ihrer Freundin.

# Ernährungsfragen

Shirly wies darauf hin: „Oh, Deine Zunge hat viel weißen Belag, das kommt bestimmt vom Fleisch essen!"

Mandy bruddelte: „Alte Ziege, iss Deine Brennnesseln und sei ruhig!"

Merlin unterbrach diese kulinarische Diskussion mit: „Bei den Tiergehegen können wir nachprüfen, was Ziegen essen und ob bei den Raubungeheuern eine belegte Zunge üblich ist. Ich würde nur nicht zu nah rangehen, um dies herauszufinden. Manche haben so lange Zungen, wie ein Lasso. Ähnlich wie bei den Fröschen."

Shirly konnte es sich nicht verkneifen: „Die Franzosen essen Froschschenkel, Ihr Engländer auch?"

Doch dieser verbale Angriff wurde erbarmungslos abgeschmettert: „Ich kenne eine Elfe, die isst sogar Heuschrecken und Mehlwürmer."

Danach herrschte ein beredetes Schweigen. Nur als ganz leises Wispern kam von Shirly: „Ich muss doch auch Proteine zu mir nehmen…"

Ganz nah an ihrer Nase schnellte eine Riesenzunge vorbei. Offensichtlich wollte ein Ungeheuer ebenfalls seine Proteine. Danach liefen die drei vorsichtshalber nur noch auf der Mitte des Weges.

# Ein neuer Zeuge

Mandy rief aufgeregt: „Da kommt uns ein Besucher entgegen! Den können wir befragen!"

„Endlich kommen wir weiter!", jauchzte Shirly.

Leider zu früh. Denn der Mann lief zu nah am Ungeheuergehege vorbei. Mit einem lauten: „Schlurp!" verschwand er im Rachen eines Unholds.

Die erbleichten Helden erinnerten sich jetzt wieder sehr lebhaft daran, dass in diesem magischen Zoo Todesfälle sehr häufig vorkamen. Sie mussten also nicht nur den Massenmörder suchen, sondern auch unterscheiden, welche Taten er beging und was die „üblichen" Todesfolgen durch Ungeheuer waren.

Beklommen lästerte Shirly: „Ihr Fleischfresser kümmert Euch am besten um die fleischfressenden Bestien. So bleibt Ihr ganz unter Euch Fleischfreaks. Ich beobachte so lange die vegan lebenden Tiere. Also die Pflanzengenießer."

Mandy rief: „Hör mal, Du veganes Mümmelhäschen: Wenn wir uns aufteilen, kommt vermutlich niemand von uns hier lebend raus. Woher willst Du denn wissen, dass der Massenmörder im Moment nicht bei Deinen wiederkäuenden Verwandten rumschleicht?"

„Ups!", entfuhr es der Elfe.

# Hunger

Allmählich bekamen unsere Helden einen monstermäßigen Hunger. Doch woher etwas Essbares nehmen? Wie befürchtet, war der Zoo von magischer Energie so durchtränkt, dass alle Essenszauber scheiterten. Doch da nahte die Rettung! In einer Schubkarre fuhr ein Zoowärter Fische zu den in einem See lebenden schwimmenden Ungeheuern. Glücklicherweise tote Fische, so dass Merlin und seine Tochter ein paar Stibitzen konnten. Angeekelt sah Shirly ihnen beim Mampfen zu. Da entdeckte die Elfe ein Gemüsebeet, wo sie allerlei ausbuddelte und aß. Was die beiden Anderen anwiderte. Vor allem, als die Elfe ihnen zu nahe kam.

Dabei sprach Shirly: „Wie kann nur jemand eklige Wabbelfische essen?"

Merlin konterte: „Wie kann nur jemand frischen Knoblauch futtern? Wenn der Vampir noch leben würde, hätte es wenigstens etwas Sinn gemacht. Aber so!"

Gesättigt humpelten die drei weiter durch den endlos großen Zoo. So stellten sie sich den Rand der Erde vor. Laufen, laufen, endlos laufen. Plötzlich kommt dann der Rand der Erdscheibe.

## Das Opfer

Beinahe stolperten unsere Helden über die kopflose Leiche.

Merlin entfuhr ein: „Du allmächtiger Drache! Schlägt ein Kopfjäger aus Borneo zu?"

Shirly stichelte: „Wie ich eben sah, essen manche Leute sogar Fischköpfe. Warum nicht auch Menschenköpfe? Da ist ja schließlich mehr dran!"

Merlin giftete: „Meine liebe Shirly, lasse Dich erstmal gut auslüften, bevor Du Deinen Knoblauchmund aufmachst! So, jetzt drehen wir die Leiche mal um."

Anschließend sahen alle drei sehr grün im Gesicht aus. Dies lag aber weder am Knoblauch, noch an den Fischen. Der Mörder hatte sein Opfer furchtbar zugerichtet.

„Doch keine Kopfjäger aus Borneo", stellte Merlin fest.

„Mein lieber Vater", sprach Mandy streng. „Du machst zu viele Zeitreisen. Zu unserer Zeit ist Borneo noch gar nicht entdeckt."

„Ach, so?", murmelte der Zauberer zerstreut.

„Seltsam, dass niemand das Opfer schreien hörte", wunderte sich Shirly.

„Eigentlich nicht", erklärte Mandy. „Bei dem monstermäßigen Lärm aus den Tiergehegen kann niemand weit hören."

Sehr wahr. Aber für die weiteren Ermittlungen nicht gerade sehr günstig.

## Vermutungen

„So wie die Leiche aussieht, erinnert mich das an einen berüchtigten Mörder von 1798. Jäckle das Ripple oder so ähnlich."

„Mein lieber Herr Merlin, wie Mandy Ihnen schon sagte, unternehmen Sie zu viele Zeitreisen. Wir leben hier im tiefsten Mittelalter und nicht 1798. Konzentrieren Sie sich bitte auf die dunkle Gegenwart und nicht auf die noch dunklere Zukunft."

Unbeirrt sprach der Zauberer weiter: „Jäckle kann es sowieso nicht gewesen sein. Der ging auf Frauen los. Pass also in ein paar hundert Jahren auf, Shirly."

Die Elfe erwiderte: „Nun, dieses Mal ist wenigstens das richtige Geschlecht das Opfer. Keine zarten Frauen wie wir."

„Zart?", erkundigte sich Merlin lachend. „Ihr? Na ja, ich erinnere mich da an ein paar Ermittlungen…"

„Vater, jetzt komm nicht mit so alten Geschichten über uns!", rief Mandy empört.

Ruhig fragte Merlin: „Warum nicht? Ich dachte, ich soll nicht über die Zukunft sprechen? Also ist doch wohl die Vergangenheit erlaubt?"

„Nein!", riefen die beiden Mädchen wie aus einem Mund. „Keine ollen Kamellen!"

## Weitere Hypothesen

„Wenn der Mörder von 1798 wirklich Jäckle das Ripple heißt, kommt er eher aus Schwaben", stellte Shirly fest. „Nicht aus England."

Mandy fuhr energisch dazwischen: „Was gehen uns schwäbische Rippchen der Zukunft an? Wir suchen einen englischen Mörder im Mittelalter! Ich vermute, die Täterin zu kennen. Sogar ganz genau! Diese bösartige Gewalttätigkeit lässt keinen Zweifel offen."

Merlin ächzte geschockt: „Die böse Fee Morgana? Das wäre furchtbar!"

Shirly schüttelte überlegen den Kopf. „Die allerschlimmste Mörderin wird es gewesen sein. Die grausige Moorhexe."

Merlin seufzte verständnislos: „Aber die beiden sind doch tot. Wir selber haben sie sterben sehen!"

Die Elfe belehrte ihn von oben herab: „Die Bösen sind nie wirklich tot. Auf die eine oder andere Art tauchen sie immer wieder auf."

„Entsetzlich! Ich hoffe, Ihr täuscht Euch! Die Fälle, die wir mit beiden erlebten und vor allem erlitten, ließen mich um Jahrzehnte altern. Ich bin davon schon fast so klapprig, wir Sir Ralphus!"

„Armer Paps", hauchte Mandy mitleidig.

# Übungen

Während die drei weitergingen, übten sie Kampftricks für das Duell mit der bösen Fee Morgana oder der gräuslichen Moorhexe. Vor allem Shirlys Zauberstab-bajonettangriffe beeindruckten die beiden Anderen. Mit diesem angespitzten Zauberstab konnte jeder problemlos selbst den beleibtesten Vampir pfählen. Von überraschten, schlanken Mörderinnen ganz abgesehen. Sie stießen hier und da auf immer frischere Opfer. Zweifellos näherten die Detektive sich der Mörderin. Böse Fee oder furchtbare Hexe? Allen wäre die Fee lieber gewesen. Aber das Leben ist kein Wunschbrunnen. So mussten unsere Helden mit dem Allerschlimmsten rechnen. Der Moorhexe! Dabei bemerkten sie nicht das junge Mädchen, welches ihnen mit einem großen Messer in der Hand folgte. Jaquelin le Ripple, die Ur-Ur-Ur- Urgroßmutter von Jäckle das Ripple. Ihr Rufname lautete Jaqui das Ripple. Böse lächelnd holte sie zum Dolchstoß gegen den armen Zauberer aus, der ahnungslos vor ihr lief.

## Die Mörderin

Gab es ein Entkommen für unsere völlig ahnungslosen Freunde? Ja, denn ein sehr langhalsiges Monster beugte sich über den Rand seines Geheges und schnappte kurzentschlossen die arme Jaqui weg. Da dies niemand sah, ging dieser berühmte Fall Merlins in den Annalen der ungeklärten Mordfälle ein, über die sich noch Jahrhunderte lang Gelehrte den Kopf zerbrachen. In einem Waiblinger Buchantiquariat wurde später das alte Originalbuch Shirlys über den Fall entdeckt, welches über die weiteren ereignislosen Nachforschungen berichtete. Die Lösung des Falles fiel bei anderen Ermittlungen dem Alpaka Watselinchen in die Hände. Womit nachträglich Watselinchen über Sherlocklinchen triumphierte. Die geheimen Unterlagen fand das Detektiv-Alpaka Jahrhunderte später bei einem bösen Druiden, welcher sie von seinen zahlreichen Vorgängern übernahm. Zusammen mit diesen Aufzeichnungen erhielt der Druide auch das Originalmesser Jaquis, welches durch Druiden Rituale und Morde Jahrhunderte lang dem Bösen geweiht worden war.

# Wieder daheim

Doch von all diesen späteren Enthüllungen ahnten unsere Freunde nichts, als sie wieder in Camelot einkehrten. Zufrieden seufzend sank Merlin in seinen Lehnstuhl, während die Elfe freudig rief: „War das nicht wunderbar spannend? Ich freue mich schon auf unseren nächsten Fall. Zur Feier des tollen Tages spendiere ich jedem eine Portion gegrillte Heuschrecken mit Mehlwürmern."
Mandy ächzte: „Welch ein schöner Tag mit einem noch besseren Abschluss!"
Lassen wir Merlin und seine Tochter nun alleine dieses Gourmetdinner genießen und schauen in ein paar Tagen wieder vorbei. Mal sehen, was es dann Neues gibt!

## Der Veganer-Snack

Nachdem es schon mehrmals bei ihren Lieblingsliefer-
servicen zu schrecklichen Mordserien kam, beschloss
die Elfe Shirly in der Nähe von Schloss Camelot einen
eigenen veganen Lieferservice und Imbiss zu gründen.

„Meine liebe Shirly", sprach ihre Freundin Mandy weise.
„Bis das Gemüse und Obst wächst, sind unsere Schul-
ferien vorbei und wir lernen wieder in der Schule des
Finsterklammwaldes."

Doch die Elfe erwiderte gelassen: „Ja, aber die Sommer-
ferien sind lang! Ich zaubere jetzt einfach Lebensmittel
her, mit denen ich beginnen kann."

Mandy keuchte schwer, da sie von der Schule her die
verfehlten Zauberkünste ihrer Freundin kannte. Was kam
da auf die arme Mandy bloß zu?

Auf einer Wiese vor dem Schloss startete „Shirlys
schmackhafter perfekter veganer Snack". Aber nach einigen
Tagen wurde dieser nur noch: „Schrecklich schaurige Pampe
von Shirly" genannt. Oh, je! Wie kam das bloß? Nun,
ihre Zauberkunststücke klappten so gut – genauer gesagt
so schlecht – wie von Mandy befürchtet.

## Das erste Gemüse und Obst

In die Wiesen versuchte die Elfe durch Magie schnell wachsendes Gemüse zu zaubern, auf die Bäume entsprechend rasend gedeihendes Obst. Es begann damit, dass sehr seltsame runde Dinger auf den Bäumen wuchsen.

„Sind das Hexenäpfel?", wollte ein Reisender wissen.

Ein anderer erkundigte sich: „Ich dachte, hier sei es vegan, wieso wächst hier blutfarbenes Obst? Ist das für vegane Vampire?"

Die arme Shirly! Zu ihrer Zeit kannte niemand in England Blutorangen. Ihre Freundin lästerte darüber besonders viel. Zornerfüllt rief die Elfe: „Ich zaubere jetzt Obst, das wie Deine vorlaute Nase aussieht."

Mandy verschlug es die Sprache, als vor ihrer eigenen Nase überall Kiwis wuchsen.

Eine Weile später meinte sie nur: „Ich weiß nicht, was das da ist, aber Du solltest gängigere Sachen zaubern."

Schluchzend gestand die Elfe: „Das versuche ich doch schon die ganze Zeit." Bei ihrem nächsten Versuch erschienen ganze Bananenplantagen.

Mandy sprach keck: „Nun, das sieht jetzt wie Deine Nase aus. Wollen wir diese Speise Elfenrüssel nennen?"

Rot vor Scham verstand Shirly endlich, warum sie in der Schule nie bessere Noten als 4 und 5 bekam. Von den vielen 6ern ganz zu schweigen.

## Weitere Versuche

Eine Weile später erschienen eine Kurkumawurzel und Palmenblätter.

Mandy ergänzte ihre Bemerkungen mit: „Das ist offensichtlich die Nase von meinem Vater und seine Ohren. Sehr ähnlich."

Verärgert zischte die Elfe: „Mach es doch besser, Du Zaubermaus!"

Überlegen lächelnd murmelte Merlins Tochter einen Zauberspruch. Es erschien auch tatsächlich etwas ganz anderes. Ein Yeti, der eine Bergziege briet.

Verachtungsvoll stichelte Shirly: „Das ist ja voll daneben! Da ist sogar mein Zauber noch besser! Der ist wenigstens im Gegensatz zu Deinem wirklich vegan. Wenn ich auch dieses ganze merkwürdige Obst und Gemüse nicht kenne."

Es ging noch eine Weile in dieser Art voran, bis Merlin vorbei kam.

„Oh, Mädchen!", seufzte er kummervoll. „Was ist denn das alles? Science-Fiction Obst? Das alles kennt hier doch niemand. Und was der Bauer nicht kennt, das frisst er auch nicht!"

Sehr wahr! Bisher ging noch nicht ein einziges Produkt von Shirly an Kunden. Warum nicht? Tja, solche damals völlig unbekannten Sachen wagte selbst die vegane Elfe nicht zu probieren. Von den Menschen des Mittelalters konnte das erst Recht niemand erwarten.

## Es wird professioneller

Aber durch die Hilfe Merlins erschienen langsam die seinerzeit bekannten Speisen. Anfangs leider auch mit Pannen. Äpfel zusammen mit dazugehöriger Hexe, Eicheln inklusive entsprechender nordischer Gottheit, Linden passenderweise mit Lindwurm. Aber mit der Zeit hörten die unerwünschten Nebenwirkungen auf.

Die Elfe warb nun Schrumpelzwerge, Trolle und andere als Köche, Gärtner und Transportarbeiter an, um die vielen Bestellungen zu bearbeiten, die sie erwartete. Doch leider kamen die nicht. In Camelot lebten fast ausschließlich Ritter. Selbst Menschen, die wenig über Ritter wussten, brachten diese geistig nicht mit Getreideplätzchen, Eichelkaffee oder veganen Hauptspeisen in Verbindung. Shirly vermarktete leider nur, was sie selber mochte. Mit Bier, Wein und Brot hätte es besser geklappt. Doch Elfen sind nicht für perfekte Marktforschung bekannt und noch weniger für zielgerichtetes Marketing. Oh je, die Arme.

## Der perfekte (?) Plan

Zuversichtlich rief sie siegesgewiss: „Bald beginnt wieder die Schule im Finsterklammwald. Da ich dort mein florierendes Erfolgsunternehmen besser betreuen kann, zaubere ich es einfach dorthin. Zweifellos wird es im Finsterklammwald noch besser laufen."

Mandy keuchte fassungslos: „Florierendes Erfolgsunternehmen? Ausgerechnet im Finsterklammwald? Wer soll denn da einkaufen? Die Werwölfe?"

Merlin dachte nur: *„Ein Glück, dass ich nicht mehr so jung und naiv wie Shirly bin! Was die Jugend in ihrer Unerfahrenheit nur für Unsinn macht! Es ist schön, alt und weise zu sein und kein unerfahrener Hüpfer mit Flausen im Kopf."*

# Die Neueröffnung

Wieder zurück im Finsterklammwald eröffnete Shirly dort ihren veganen Lieferservice und Imbiss, um den sie sich selber nach der Schule kümmerte. Ein veganes Schaf war lange Zeit ihr bester Kunde, es plünderte während der Schulstunden der Elfe die Gemüsebeete.

Mandys Zweifel an dem Sinn der Sache versuchte Shirly zu zerstreuen: „Es ist einfach so: Jeder ist, was er isst. Ein altes Sprichwort. Und da die Ritter viel Schweinefleisch essen, gibt es laufend schweinische Kriege! Nur Veganer sind wirklich gute Menschen! Und deshalb muss das Veganertum gefördert werden."

Zweifelnd wandte Mandy ein: „Ja, aber im Finsterklammwald? Glaubst Du Vampire, Werwölfe, Drachen und ähnliche Lebewesen beginnen plötzlich Distelsalat mit Brennesseln zu essen? Gibt es denn hier überhaupt gute Menschen? Wenn ich an die alte Hexe, unsere Lehrerin denke…"

„Die ist eine böse Ausnahme. Schade, dass sie nicht seinerzeit dem Henker oder dem Druiden zum Opfer fiel."

## Die erste Kundin

Mit der Zeit erschien die erste Kundin. Sie kaufte vor allem Kräuter Shirlys ein.

Triumphierend rief die Elfe Mandy zu: „Siehst Du? Es geht steil vorwärts! Das ist der Anfang vom Massenandrang!"

Mandy sinnierte: „Wenn diese alte Krücke typisch für Shirlys Kunden ist, sterben ihr altersbedingt die neuen Kunden bald aus. Die muss doch schon mindestens 90 sein."

Mit der Zeit kamen die beiden Mädchen in Stress. Immer wieder kam es zu merkwürdigen Morden. Shirly musste nun vormittags in die Schule, nachmittags auf ihren veganen Hof, auf dem sie für die erwarteten neuen Kunden sogar einen roten Teppich ausrollte und abends ermittelte die Elfe zusammen mit ihrer Freundin bei den neuesten Morden. Zweifellos ging hier ein sehr seltsamer Mörder um. Er erdrosselte seine Opfer mit Brombeerranken. Warum nur?

# Aufschwung

Euphorisch rief Shirly begeistert: „Meine Kundenzahl hat sich verdoppelt!"

Mandy erkundigte sich trocken: „Ach, hast Du jetzt zwei Kunden? Wer ist denn der Neue?"

„Der Magier Magstdugarnix. Er kauft viele magische Kräuter bei mir."

Mandy schlug vor: „Spezialisiere Dich doch auf Kräuter und lasse das blöde Gemüse weg."

„Was?", entfuhr es der Elfe erstaunt. „Ich soll meine Kunden enttäuschen?"

Ihre Freundin entgegnete: „Der einzige Kunde, der Dein Gemüse isst, ist das Schaf. Die beiden zahlenden Kunden hingegen kaufen nur Kräuter."

„Das wird sich bald ändern", meinte die Elfe frohgemut. „Denn meine Kundenzahl wird nicht lange bei zwei bleiben."

Damit hatte sie vollkommen recht. Allerdings anders, als sie dachte. Oh je!

## Der Mörder schlägt wieder zu

Die beiden Mädchen fanden den Druiden mit einer Brombeerranke erdrosselt im Wald.

Mandy bemerkte dazu: „Du hattest Recht. Deine Kundenzahl hat sich wirklich geändert, Du hast wieder nur noch eine Kundin."

„Aber wer kann nur diesen harmlosen, kräuteressenden Magier erwürgt haben?", stellte Shirly die entscheidende Frage. Denn Magier lebten sehr zurückgezogen, wodurch sie niemanden im wörtlichen oder übertragenen Sinne auf die Füße traten. Die beiden befragten alle Waldbewohner. Doch niemand sah etwas. Von der Riesenmaus Mausos bis zu den Sturmhexen, niemand fiel etwas auf. Eigentlich seltsam, da die meisten Waldbewohner mehr als nur reichlich Freizeit besaßen. Was lenkte wohl alle ab? Ein Fußballspiel? Ein Tennismatch?

## Konkurrenz

Nein, ein geplantes Riesenprojekt. Eine Firma für Zauberkräuter und Magiebedarf wollte große Teile des Waldes kaufen, um dort magische Pflanzen anzubauen. Vor allem viel Bilsenkraut, für die zahlreichen ortsansässigen Hexen. Weswegen diese wenig überraschenderweise für das Bauprojekt stimmten. Erwartungsgemäß fanden viele fleischessende und vor allem blutsaugende Waldbewohner die Idee sehr schlecht. Schließlich reduzierte sich dadurch ihr eigenes Jagdrevier. Konnte dies der Grund der Morde sein? Gehörten die Opfer vielleicht zu den Gegnern des Bauvorhabens und wurden deshalb beseitigt? Oder lag die Wahrheit andersherum: Gehörten die Toten zu den Befürwortern des Projektes? Starben diese durch radikale Baugegner? Wie dem auch sei: Die Emotionen im Wald stiegen bis zum Siedepunkt. Die Morde konnten daher sehr wohl etwas mit den Bauplänen zu tun haben. Aber es gab noch andere Möglichkeiten. Schließlich ereigneten sich hier schon viele Mordserien.

## Es geht weiter

Beim Beetejäten fand Shirly in ihrem Garten einen mit Knoblauch gefüllten, erdrosselten Vampir. Ob das Erwürgen mit der Brombeerranke oder eher der Knoblauch den Tod verursachte, musste später Gorilla Gerichtsarzt feststellen. Das Problem lag für die Mädchen auf einer anderen Linie. Ihre Ermittlungen gingen immer weiter, aber ohne Hilfe vom Zauberer Merlin. Sollten die beiden einen sehr starken, magischen Gegner finden, würde es ein sehr schwieriges magisches Gefecht werden. Da die Mädchen nur schwache magische Kräfte besaßen, konnte ein Kampf nur durch gute Vorbereitungen gewonnen werden. Doch leider ahnten sie nicht, gegen wen schließlich das Duell stattfinden würde. Brauchten sie Knoblauch gegen Vampire? Geweihte Silber-kugeln gegen Werwölfe? Eine Riesenmausfalle gegen die Riesenmaus Mausos oder einen Feuerlöscher gegen den Drachen? Oder…?

## Vermutungen

In einem derartig magischen Wald gab es sehr viele Wesen, die nur auf eine bestimmte Art getötet werden konnten. Genau da lag das Problem. Unsere Heldinnen konnten ja schließlich nicht tagelang Berge verschiedenster Waffen mit sich herumtragen. Auch vermuteten die beiden verschiedene Täterkreise.

Mandy sagte: „Es können nur Waldbewohner gewesen sein. Fremde von der Baufirma wären jedem aufgefallen. Aber niemand sah irgendwelche Bauleute in der Nähe der Tatorte."

Shirly behauptete: „Es muss jemand sein, der irgendein anderes Motiv hat. Die Opfer sind zu verschieden, um mit dem Bauprojekt zu tun zu haben."

So befragten die beiden jeden Abend erfolglos und zunehmend mutlos die Waldbewohner. Doch es gab keine Zeugen. Keine der beiden Theorien ließ sich deshalb beweisen. Wer von den beiden tippte wohl richtig?

## Es geht vorwärts

Eines Nachmittags kaufte Shirlys einzige Kundin bei ihr ein. Die Elfe erkundigte sich: „Was halten Sie von den Bauunternehmen?"

Die Alte kicherte: „Ich finde es sehr gut, denn es gehört mir."

Verblüfft entfuhr Shirly: „Ihnen? Warum denn das?"

Die Kundin erklärte: „Weil ich eine Kräuterhexe bin. Und der Mensch ist, was er isst. Deshalb sollen möglichste viele Leute von meinem bald entstehenden Superhof Hexenkräuter kaufen. Und alle Gegner und Konkurrenten wie Dich töte ich!" Damit holte sie eine unter ihrem Umhang versteckte Brombeerranke hervor, um das völlig überraschte Mädchen zu erdrosseln. Ihr blieb nicht mal Zeit, um einen Zauber zu versuchen. Getötet von ihrer einzigen veganen Kundin? Welche Schmach bahnte sich da an? Waren Veganer doch nicht die besseren Menschen? Aber wie auch immer: Die würgende Brombeerranke lag schon fest um Shirlys Hals. So fest, dass ihr der Atem wegblieb.

# Der Sieg!

Doch leider sollte niemals das große Hexenkräuterimperium entstehen. Denn Mandy startete mit ihrem Ebereschen Zauberstab einen magischen Bajonettangriff auf die arme Hexe, welchem diese röchelnd erlag.

Als Shirly viel später wieder zu Atem kam, wollte sie wissen: „Woher hast Du gewusst, wer es war? Und weshalb ist Dein Zauberstab so angespitzt wie meiner?"

Mandy erläuterte genüsslich: „Liebe Shirly Sherlocklinchen, heute löste den Kriminalfall die Gehilfin, nicht die Meisterdetektivin! Da niemanden die Täterin auffiel, musste die Person mit dem Finsterklammwald zu tun haben. Und die einzige Person die lange bei Dir einkaufte, war eine seltsame Alte, welche die Kräuter auch selber im Wald hätte suchen können. Warum also kaufte sie bei Dir ein? Um die Chance zu bekommen, ihre einzige Konkurrentin zu beseitigen. Deshalb starb auch der Magier, da er bei ihrer Konkurrenz einkaufte."

Shirly hauchte fassungslos: „Du bist nicht die Detektivgehilfin, Du bist Mandy Supersherlocklinchen!"

## Es geht bald weiter!

Nach diesem Siege des Guten gegen die fiese Hexe atmeten alle auf. Doch leider viel zu früh! Denn bald standen die Waldbewohner vor noch viel größerem Schrecken!

Doch nicht nur dort schlug das Böse erbarmungslos zu, auch Banshee bekam es bei sich in Irland mit ihrer bisher größten Herausforderung zu tun!

Atmen wir also alle kräftig durch, bevor es in der Merlin Reihe und in der Banshee Reihe extrem spannend weitergeht!

# Nicolas Lange

## Vom Schulklo und dem Katzenstreu
## Ein Schwank aus dem Leben des Rolands

Wir befinden uns in den 80er Jahren des 20. Jahrhunderts an einer deutschen Schule. Roland, sein bester Kumpel Kalle und drei weitere Freunde (Jens, Martin und Kurt) haben gerade Mathematikunterricht. Ihr gemeinsames Lieblingsfach. Bei Frau Meier-Klamm, ihrer gemeinsamen Lieblingslehrerin. In der ersten Stunde, also zu ihrer Lieblingstageszeit. Anders ausgedrückt: Sie sind müde und haben schlechte Laune. Gemeinsam bilden sie ‚Die letzte Reihe der 9a'. Unter diesem Titel haben sie sich bereits in weiten Teilen des Lehrerkollegiums sowie auch der Schülerschaft einen Namen gemacht. Man könnte auch sagen: Sie sind berühmt-berüchtigt. So sitzen sie auch an diesem Tag, wie zumindest in ihrem Klassenzimmer (in dem eben gerade auch, ohne dass man sich großartig dagegen wehren könnte, die Mathematikstunde abgehalten wird) üblich, an insgesamt drei Tischen in der letzten Reihe. Und zwar so weit hinten, dass ihre Stuhllehnen schon fast die Rückwand des Klassenzimmers berühren. Links und rechts von ihnen sitzt niemand mehr. Es hat sich, soweit die fünf dies beurteilen können, auch nie jemand besonders interessiert daran gezeigt, Teil dieser ‚letzten Reihe' zu werden. Und so sitzen sie eigentlich auch in fast allen anderen Klassenräumen in dieser Konstellation in der letzten Reihe. Auch die Lehrkräfte scheinen es mittlerweile aufgegeben zu haben, diese Sitzordnung zu durchbrechen. Es gibt aber auch, da sind sich zumindest die fünf Kumpels absolut einig, eigentlich keine

Veranlassung dazu, sie zu trennen, da sie für gewöhnlich nicht übermäßig laut sind. Denn, wenn sie sich mal unterhalten, dann nur flüsternd. Und Spiele wie ‚Lehrer-Bingo‘ (man schreibt anstatt Zahlen Begriffe auf, von denen man glaubt, dass der Lehrer sie wahrscheinlich im Laufe der Stunde mindestens einmal verwenden wird ... ansonsten gelten die üblichen Bingo-Regeln) lassen sich auch problemlos ohne mündliche Kommunikation spielen. Man kann ihnen also nicht vorwerfen, sie seien die klassischen ‚Störenfriede‘, die maßgeblich zum Anstieg des Geräuschpegels beitragen. Was sie eint und deshalb in dieser Konstellation zusammengebracht hat, ist eine selbst für die neunte Klasse weit unterdurchschnittliche Motivation, dem Unterrichtsgeschehen zu folgen ... von der Bereitschaft, sich an diesem aktiv zu beteiligen, ganz zu schweigen. Und in der ersten Stunde, da sind sie sich auch absolut einig, ist dies ja noch nicht einmal eine Frage von Willen, sondern es ist schlichtweg unmöglich. „Weiß der Geier, wie die anderen das machen“, hat Roland mal auf die mit Nachdruck gestellte Frage seiner Eltern, wie er sich denn erkläre, dass sich andere Mitschüler durchaus auch schon in der ersten Stunde am Unterricht beteiligen, geantwortet. Dies mag einerseits eine trotzige und zudem nicht besonders originelle ‚Teenager-typische‘ Antwort gewesen sein ... andererseits kann er sich wirklich nicht vorstellen, wie so etwas funktionieren kann. Und so stehen eben auch die vier anderen in dieser Frage vor einem Rätsel. Da sie also in den wesentlichen Fragen einer Meinung sind, verstehen sie sich nicht nur privat besonders gut, sondern bilden eben auch im Unterricht eine ‚Interessengemeinschaft‘, wobei das gemeinsame Interesse ist, möglichst in Ruhe gelassen und von Fragen verschont zu werden. Dass die Lehrer dazu gewissermaßen verpflichtet sind, das ist den Jungs schon klar, aber sie halten es eben durchaus für legitim, das Projekt ‚Motivation der letzten Reihe' aufzugeben, sobald sich abzeichnet, dass dieses absolut aussichtslos ist. Und dadurch, dass sie immer beieinander sitzen, erleichtern sie den Lehrern insofern das Leben, dass diese sich nur die Richtung merken müssen, aus der sie keine (sinnvollen) Antworten zu erwarten haben. Und Scherz-Antworten, und seien sie (nach einhelligem Empfinden der fünf Jungs) noch so schlagfertig, wollen die meisten Lehrer ja nicht hören.

Was bei ihnen an Motivation, den Unterrichtsstoff zu verinnerlichen, unter dem Durchschnitt liegt, das haben sie an überdurchschnittlicher Motivation, sich allen möglichen (ihrem Empfinden nach herrlichen) Blödsinn oder auch den ein oder anderen Streich auszudenken. Obwohl keiner von ihnen jemals allzu genau in Physik aufgepasst hat, vermuten sie schwer, dass dies dem sogenannten ‚Energieerhaltungsgesetz' folgt. Die Motivation geht nicht verloren, sie ist nur woanders … Na ja, das muss auch nicht stimmen. So ganz sicher ist sich da keiner von ihnen.

Oft sind es nur Kleinigkeiten, wie etwa Papierflieger durchs Fenster in die Freiheit fliegen zu lassen. Dafür haben sie sich vor ein paar Wochen mal ein ausgeklügeltes System überlegt: Einer hat Seite für Seite aus seinem Mathe-Heft aus dem letzten Schuljahr (das durch Zufall irgendwo in den Untiefen seiner Schultasche aufgetaucht war) herausgerissen, die drei links von ihm haben gefaltet und derjenige, der links am Fenster gesessen hat (was in diesem Fall Roland war) hat die Flieger starten lassen. Das ist auch eine ganze Weile gut gegangen, bevor sie erwischt worden sind, alle Flieger aufsammeln mussten und dann jeweils in einer Strafarbeit schreiben: „Ich darf während des Unterrichts keine Papierflieger aus dem Fenster werfen." Dabei war ihnen ja auch vorher schon vollkommen klar, dass sie das nicht dürfen. Eine völlig überflüssige Maßnahme also. Da waren sie sich damals auch wieder alle vollkommen einig.

Manchmal sind es aber auch Sachen, die mehr Planung erfordern, für die sie sich dann durchaus auch schon mal am Nachmittag oder sogar einige Tage vorher treffen. Auf neutralem Boden natürlich. Im Ort an der Eisdiele oder besser noch an einer Bank auf einem Feldweg. Nicht, dass der Plan noch Leuten zu Ohren kommt, denen er besser nicht zu Ohren kommen sollte. Allen voran natürlich den Eltern. Zwar kann keiner der Jungs zu Hause allzu glaubhaft verkaufen, dass er die brave Unschuld vom Lande wäre (Strafarbeiten lassen sich ja noch heimlich schreiben, aber die jeweilige Elternbriefdichte war einfach zu hoch, als dass man bei einem erneuten Brief noch dafür argumentieren könnte, dass es sich dabei um ein Missverständnis, eine Übertreibung oder sonstige unfaire Behandlung handelt), aber das heißt ja nicht, dass man deshalb jedes Detail des Blödsinns, den man zu tun gedenkt, an die große Glocke hängen muss. Der Ärger soll ruhig warten, bis die Tat ausgeführt ist, auch da sind sie sich einig. Zumal sie ja sonst bloß zweimal Ärger bekommen würden, da sie auch eine präventive Standpauke sicherlich nicht von der Ausführung des (zumindest

gefühlt) schönsten aller ‚Streich-Pläne' aller Zeiten ab-
bringen würde. Im Gegenteil: Die Standpauke sollte sich
dann doch wenigstens gelohnt haben. Aber besser ist
eben, man lässt es gar nicht erst so weit kommen. Und
so sind alle ihre bisherigen Pläne immer außerhalb ihrer
Häuser bzw. Wohnungen entstanden. Zu nennen wäre da
etwa das Schnauzer und Brillen Malen auf Plakate von
Lehrern (warum genau diese Plakate dort gehangen
haben, daran erinnert sich Roland leider nicht mehr so
genau), was an und für sich ja auch spontan möglich
wäre, es den fünfen aber deutlich vernünftiger erschienen
ist, nichts zu überstürzen, sondern zuvor zu besprechen,
wann es in der Aula voraussichtlich besonders leer sein
wird, welche Art von Stift besonders häufig in Schüler-
Federmäppchen zu finden ist, sodass der Verdacht nicht
allzu schnell auf sie fällt und dergleichen. In diesem Fall
war dies auch durchaus erfolgreich. Sie sind deshalb
bisher nicht belangt worden. Ob nun wegen der vor-
züglichen Planung oder weil die Aktion einfach zu
harmlos war, um damit jemanden hinterm Ofen hervor-
zulocken, da sind sich die Freunde auch nicht so ganz
sicher.

Sehr wohl erwischt hat man sie allerdings bei der Sache
mit dem Konfetti-Werfen vom obersten Stockwerk auf
die Aula herab, sowie aus einem Fenster in eben diesem
obersten Stockwerk auf den Schulhof. Sie haben zwar
anfangs versucht, sich immer gleich nach dem Abwurf
einer Hand voll (selbstverständlich synchron und jeweils
mit beiden Händen, sodass immerhin die Papierschnipsel
aus zehn Händen gleichzeitig gerieselt sind) zu ducken,
sind dann aber doch sehr bald von mit einer gewissen

Ausdauer nach oben schauenden Lehrkräften entdeckt, sowie leider sehr bald auch nach oben verfolgt worden. Außerdem ist ihnen während sie da so abwechselnd geworfen und sich geduckt haben aufgefallen, dass es doch eigentlich sehr schade ist, wenn sie das Rieseln gar nicht mit verfolgen können. Abgesehen davon war aber auch diese Aktion durchaus gut geplant. In der Hauptsache mussten ja die Papierschnipsel beschafft werden. Auch hier sind mehrere Mathe-, Deutsch und sonstige Hefte sinnvoll recyclet worden. Diese mussten die fünf Jungs also nicht nur finden, sondern auch noch klein rupfen. Eine Menge Arbeit, hat lange gedauert, aber es hat sich gelohnt, daran besteht für keinen der fünf Jungs ein Zweifel. Auch wenn sie erwischt worden sind. Sie sind in der Planung grundsätzlich mehr auf Risiko gegangen, da sie sich einig waren, dass diese Aktion während der Mittagspause oder einer Hohlstunde keinen Sinn macht. Zwar wäre dann die Möglichkeit, dass sie ‚ungestört' wären, durchaus gegeben gewesen, aber sie waren eben einstimmig der Meinung, dass dieser Streich nur so richtig schön ist, wenn auch möglichst viele das ‚Rieseln' mitbekommen und bestenfalls auch selbst ‚berieselt' werden. Zudem wollten sie sich für den (auch in ihren Augen eher unwahrscheinlichen) Fall, dass man sie nicht identifizieren würde, wenig später selbst beim Hausmeister stellen, um dann die Reinigung, also das Zusammenkehren zu übernehmen. Sie wollten ja dem Hausmeister bzw. dem Reinigungspersonal keine zusätzliche Arbeit und vielleicht einen späteren Feierabend bereiten. Sie wollten nur den Moment genießen. Darum geht es ihnen eigentlich immer ausschließlich … nun gut … meistens. Nur hatten sie eben die (im Nachhinein betrachtet reichlich utopische)

Idee, sie könnten dies dann an Lehrern und Direktor vorbei tun. Letztendlich mussten sie dann aber doch zusammenkehren (was ja sinnvoll war), aber eben auch wieder eine in Form und Sinnhaftigkeit der ‚Papierflieger-Strafarbeit' gleichende Ebensolche schreiben ... und Nachsitzen ... an zwei Nachmittagen ... Freitagnachmittagen. Auch wenn ihnen an diesen Nachmittagen allen die einen oder anderen Zweifel gekommen sind, ob sich dies wirklich gelohnt hat, war es für alle letztlich doch nur ein Ansporn für mehr.

(Mehr, wie ihr vielleicht größter oder zumindest lustigster Coup: der Austausch einer Direktoren-Rede, was sich allerdings erst nach den hier geschilderten Geschehnissen ereignet hat).

An diesem (viel zu) frühen Morgen in der Mathestunde der 9a, in der sie sich gegen ihren (jedenfalls inneren) Willen befinden, werden die fünf nun plötzlich durch ein ungewöhnliches Geräusch aus ihrem ‚dös-ähnlichen' Zustand herausgerissen. Erst ein undefinierbares Rauschen. Zunächst weiß keiner, was los ist, wenig später hat aber selbst ‚Die letzte Reihe der 9a' verstanden, dass dieses Rauschen aus dem Lautsprecher kommt.

Kurz darauf beginnt eine Durchsage der Schulsekretärin: „Guten Morgen liebe Schüler." Dann eine kurze Pause und wieder Rauschen.

Genug Zeit, dass einer der Jungs den anderen zuraunen kann: „Pah, Guten Morgen. Es ist mitten in der Nacht und gut ist daran gleich schon mal gar nichts", woraufhin diese zustimmend nicken und auch ein wenig schmunzeln.

Dann geht es weiter: „Wegen einer Verstopfung der Abwasserleitungen sind die Toiletten und Waschbecken im Schulgebäude bis auf Weiteres nicht zu benutzen. Wir versuchen, den Schaden so schnell wie möglich zu beheben und hoffen, die Toiletten in den nächsten Stunden wieder freigeben zu können. In dringenden Fällen kann im Sekretariat der Schlüssel für die Turnhalle abgeholt werden. Die Abwasserleitungen dort scheinen nicht betroffen zu sein. Dorthin läuft man in etwa fünf Minuten."

„In dringenden Fällen", wiederholt Roland belustigt.

„In dringenden Durchfällen, höhö", macht Kalle einen schlechten Spruch, der aber ausreicht, um alle zum Schmunzeln und Jens sogar recht heftig zum Lachen zu bringen.

Diese Durchsage bringt richtig Leben in die ‚Letzte Reihe'. In anderen Regionen des Klassenzimmers ist die Stimmung jedoch weitaus weniger gut. Einigen Mitschülern beziehungsweise eigentlich ausschließlich Mitschülerinnen steht das blanke Entsetzen ins Gesicht geschrieben. Das entgeht auch den fünf Jungs nicht.

„Wie viele Leute Montag morgens anscheinend koten müssen", meint Jens. Der Rest der Reihe lacht.

„Wenn man dann kein Klo hat, sind das natürlich Scheiß-Aussichten", macht Kalle den nächsten schlechten Spruch, der aber wieder alle zum Lachen bringt. Diesmal leider etwas lauter.

„Was gibt es denn da hinten schon wieder zu lachen?", fragt die Lehrerin, die von dieser Nachricht auch etwas aus dem Konzept gebracht oder jedenfalls irritiert wirkt.

Das fällt – in gewisser Weise muss man sagen leider – auch Kalle auf, der dann in seiner plötzlichen Euphorie etwas zu laut zu den anderen meint: „Ha, die muss wohl auch mal" und lacht.

Genauso wie es sich dann alle anderen, die zwar gemerkt haben, dass dies wohl etwas sehr laut war, dennoch nicht verkneifen können.

Das hört aber eben leider auch die vermeintlich mal Müssende und meint, ohne dies zu bestätigen oder zu dementieren: „Unverschämtheit! Absolute Frechheit! Du solltest dringend darüber nachdenken, wie Du Dich Deinen Lehrern gegenüber verhältst. Ihr alle solltet das, Ihr Nichtsnutze! Wisst ihr eigentlich, wie unangebracht es ist, in solch einer Situation auch noch zu Lachen??!!"

Sie nicken zwar alle, wissen es allerdings wenn überhaupt nur bedingt, und können es so oder so nicht einstellen.

„Hört ihr jetzt auf zu lachen!!"

Nach einigen Sekunden des Ringens um Körperbeherrschung gelingt es ihnen schließlich doch. Roland erkennt, dass sie in diesem Fall wohl noch einige andere Mitschüler angesteckt zu haben scheinen, die sich nun zumindest ein Schmunzeln nicht verkneifen können, was die Lehrerin zu deren Glück nicht mitbekommt, da sie ja auf die letzte Reihe konzentriert ist. Irgendwie ist allen fünfen zu dem Zeitpunkt schon klar, dass das in irgendeiner Form Konsequenzen nach sich ziehen wird. Auch Kalles anschließende Ausführungen, dass dies doch ganz natürlich sei und nichts, wofür man sich schämen müsse und er sie damit dementsprechend keinesfalls habe beleidigen wollen, scheinen die Situation nicht zu entschärfen, sie gar noch zu verschlimmern. Und so kommt es, wie es kommen muss: Sie sollen alle 100 Mal schreiben, dass sie sich nicht respektlos gegenüber ihrer Lehrerin verhalten sollen.

Durch Kalles wieder mal zu laut geraunten Nachsatz: „Besonders nicht, wenn sie aufs Klo muss", was die anderen jegliche Kontrolle über die Lachmuskulatur wieder verlieren lässt, werden aus diesen 100 Mal 200 Mal und sie werden ortsgebunden am Freitag Nachmittag nachsitzen. Besonders die Sache mit der Ortsbindung sorgt schließlich dafür, dass auch in der letzten Reihe die Stimmung wieder auf ihr ursprüngliches Niveau zurückfällt.

„Is' ja wohl absolut übertrieben," raunt Martin, der dies immerhin beherrscht, ohne dass es das ganze Klassenzimmer mitbekommt.

Alle anderen nicken kaum sichtbar, aber dennoch sehr zustimmend. Gesagt wird sicherheitshalber nichts mehr. Auch die anderen Schüler blicken betreten zu Boden. Die fünf sind im Übrigen nicht unbedingt die ‚coolen' in der Klasse. Sie sind eher Außenseiter, die als etwas sonderbar wahrgenommen werden, da mit ihrem Humor nun doch nicht jeder etwas anfangen kann. Von einigen werden sie jedoch durchaus gemocht. Nur von Mädchen eher weniger. Das stört aber auch keinen der fünf allzu sehr. Sie machen sich alle nicht furchtbar viel aus Mädchen. Nicht, dass sie etwas gegen sie hätten. Im Gegenteil: Bei manchen freut man sich durchaus, wenn sie mal vorbeilaufen oder in der Nähe sind, worin sie sich auch alle einig sind, wie sie vor einigen Wochen im Gespräch festgestellt haben. Aber soweit, dass man Anstrengungen unternimmt, um sich bei diesen beliebt zu machen, geht es dann eben doch bei Weitem nicht. Da sind ihnen andere Dinge hundert Mal wichtiger. Zum Beispiel der blöden Lehrerin eins Auswischen. Diese befragt sie nun in dieser Stunde natürlich auch noch laufend zu Themen, zu denen sie überhaupt nichts wissen und von denen sie natürlich auch weiß, dass sie dazu nichts wissen … Gut, es betrifft ja streng genommen eigentlich auch alle Themen. An Dösen ist also nicht mehr zu denken. Irgendwann allein schon deshalb, weil sie so aufgebracht sind.

Als bereits gegen Ende derselben Stunde die Durchsage ertönt, dass das Problem wohl kleiner war als gedacht (wohl nur etwas Luft in der Leitung oder dergleichen), können die fünf beobachten, wie sich die Mienen der Mitschüler von verkniffen in erleichtert ändern und alles nervöse ‚Hin-und-her-Gewippe‘ eingestellt wird.

Dann ertönt fast gleich darauf der Pausengong und fünf Minuten später dürfen sie gehen. Sie ernten noch einen letzten strafenden Blick der Lehrerin, gucken ‚mieselich‘ zurück und verlassen dann als Letzte den Klassenraum. Normalerweise sind sie nie die Letzten, obwohl die Klassenzimmertüren sich eigentlich immer vorne befinden und sie auch bestimmt nicht die Schnellsten sind. Aber andere unterhalten sich erst noch ewig, bevor sie überhaupt anfangen, ihre Sachen zusammenzupacken … ohne weitere Details zu diesen Personen zu nennen. Aber heute scheinen gerade sie es besonders eilig zu haben.

„Man will wohl möglichst weit vorne in der Schlange stehen", meint Roland noch im Rausgehen.

„Das wird's wohl sein", meint Kalle. Und gleich darauf: „Sorry Leute, echt. Das geht diesmal hauptsächlich auf meine Kappe."

„Ach was, war doch lustig", meint Roland.

„Wir haben ja auch ziemlich laut gelacht", meint Jens.

„Na ja, ein Bisschen leiser hättest Du schon reden können", meint Martin.

Da schaltet sich Kurt ein und meint: „Ja, das stimmt schon. Die Frau Meier-Klamm hat aber auch so was von überreagiert."

„Ohne Witz", stimmt Roland zu. „Ich glaube, Kalle hatte schon Recht. Die hat einfach richtig Panik geschoben, weil sie die Kotbox nicht benutzen kann!"

„Höhö, Kotbox", lacht Kalle. Auch die anderen müssen aufgrund dieses etwas eigenwilligen Neologismus mindestens schmunzeln.

„Mit der Panik war sie ja aber nich' die Einzige", merkt Roland etwas belustigt an.

Die anderen stimmen zu. Auch Jens nickt schmunzelnd und meint: „Wir können von da hinten ja leider keine Gesichter sehen, aber es war trotzdem sein Geld wert, den Blick über die von Mädchen besetzten Plätze streifen zu lassen. Die Gestik, das Umdrehen zur Nebensitzerin … Es hatte was."

„Jep, hatte was", wiederholt Kalle.

„Nur leider ein recht kurzes Vergnügen", meint Martin.

Da stimmen ihm alle betreten, teilweise seufzend zu.

„Vor allem der dummen Lehrerin hätte ich es so richtig gegönnt, dass das noch länger dauert …", meint Kalle, nicht mehr ganz so belustigt.

„Oh ja, ich auch", pflichtet Roland ihm bei.

„Wenn sie uns schon unbedingt 'ne Strafarbeit geben muss, weil sie keinen Humor hat, dann muss sie uns doch nicht auch noch die ganze Stunde über reinreiten", ergänzt Jens das, was sie wohl alle denken.

„Die hatte auch bei jeder Frage so'n ganz fieses Grinsen auf den Lippen, die olle Schreckschraube", wirft Kalle noch ein.

„Ja gell? Dachte schon, ich hab' mir das eingebildet", meint Roland.

„Ne, ne, das hab' ich auch gemerkt.", meint Martin.

Und auch Jens und Kurt ist es nicht entgangen. Inzwischen haben sie das Schulgebäude verlassen und eine ruhige Ecke auf dem Pausenhof angesteuert, in der sie ihre Pausen meist zusammen verbringen, da man sich dort sowohl gut unterhalten als auch anschweigen kann, wenn man zu müde ist, um sich zu unterhalten. Der Geräuschpegel ist jedenfalls erträglich, da die Stelle recht weit ab von den kreischenden Unterstufenschülern (und teilweise auch weiblichen Schülern jeglicher Stufe) liegt. Auf ihrem Weg sind sie auch an einer Schlange vor der Damentoilette – mit Mühe zwar – aber doch vorbeigekommen. Es war allerdings zu laut, um sich etwas zuzuraunen. Man hätte es dann schon sehr laut sagen müssen, sodass es wohl auch andere gehört hätten. Aufgrund ihrer vorherigen schlechten Erfahrungen mit Reaktionen von weiblichen Personen, die (scheinbar) aufs Klo müssen, auf lustige Sprüche, hat dies dann aber doch lieber niemand gewagt.

Draußen an ihrer ruhigen Pausenhof-Ecke angelangt, geht es wieder um die Lehrerin: „Also sehr schade, dass das nur so eine kurze Verstopfung war, aber da kann man ja nichts machen. Obwohl ich der dummen Kuh ja nur zu gern irgendwie eins auswischen würde", meint Martin.

Die anderen geben zu verstehen, dass sie das auch durchaus gerne würden.

„Aber so eine Rohrverstopfung können wir ja schlecht beeinflussen", meint Kurt.

Bis auf Kalle schütteln zunächst alle den Kopf. Dieser hingegen fragt: „Können wir nicht?", und lächelt verschmitzt.

Sie schauen sich alle an. Zuerst etwas verdutzt, dann nachdenklich und schließlich macht sich in all ihren Gesichtern ein Grinsen breit. „Du schlägst uns hier also gerade ganz ernsthaft vor, dass wir das Schulklo mutwillig verstopfen, um der dummen Lehrerin eins auszuwischen?", fragt Jens ebenso ungläubig wie wenig abgeneigt.

„Ja und wegen der anderen lustigen Szenen", antwortet Kalle in einem Ton, als hätte er gerade etwas völlig Normales vorgeschlagen.

Daraufhin müssen erst mal alle lachen. Dann schauen sie sich wieder an. Sie merken, dass ihre jeweiligen vier Gegenüber (sie stehen in einer Art Kreis) alle nicht ganz abgeneigt scheinen, aber auch noch nicht so wirklich überzeugt. Selbst Kalle, der den Vorschlag ja gemacht hat, nicht.

„Also, es hätte ja schon was", meint Martin als Erster verschmitzt grinsend.

Da nicken schließlich auch die anderen. Sehr zaghaft, aber sie nicken.

„Aber wie sollten wir das denn machen? Ich meine, ganz technisch. Von allen Risiken und sonstigen Bedenken mal abgesehen?", fragt Kurt.

„Da gibt es bestimmt Mittel und Wege...", antwortet Kalle.

„Also mit sehr viel Toilettenpapier werden wir nicht viel ausrichten können, das ist klar", meint Jens.

„Stofflappen, Handtücher...?", fragt Martin.

„Das verstopft doch höchstens ein einzelnes Klo und das nicht mal komplett, oder?", schaltet sich nun Roland ein.

„Hast vermutlich Recht", meint Kalle und die anderen stimmen zu.

„Fragt mich nicht wo, aber ich habe mal irgendwo gehört, dass man Katzenstreu auf keinen Fall ins Klo tun darf. Auch nicht die Reste, die am Katzenkot dran hängen, weil das die komplette Leitung verstopfen kann", meint Jens etwas zögerlich.

„Und damit rückt der erst jetzt raus...", meint Kalle, dessen Augen nun langsam zu funkeln beginnen.

„Ja, Entschuldigung, das war halt nicht ganz vorne in meinem Kopf ... es hat mich damals jetzt nicht so brennend interessiert. Woher sollte ich denn auch wissen, dass das mal relevant werden könnte?", empört sich Jens künstlich, muss dann aber selbst lachen.

Die anderen tun ihm Letzteres gleich. „Ich weiß auch nicht, ob das überhaupt stimmt und ob das so funktionieren könnte", meint Jens dann aber doch noch.

„Das könnte ich mal meinen Bruder fragen", meldet sich Roland zu Wort. „Der kleine Streber weiß so was bestimmt."

„So ein Streber ist das jetzt auch nicht", meint Kalle.

„Ja ne stimmt, aber er hat besonders viel unnützes Wissen", relativiert Roland seine Aussage, bekräftigt so aber gleichzeitig, dass er ihnen in dieser Frage vielleicht durchaus weiterhelfen könnte.

„Dann sollten wir das erst mal raus kriegen und dann alles Weitere planen", meint Martin.

„Wir wollen das jetzt also wirklich machen?", fragt Kurt.

„Wer wenn nicht wir?", antwortet Kalle ihm grinsend.

Der zwar ebenfalls grinsende, aber dennoch besorgt wirkende Kurt meint daraufhin wiederum: „Ja, das stimmt schon, aber das ist doch nochmal eine andere Hausnummer. Denk' doch mal an die Kosten, die das verursachen kann, wenn das wirklich so gut funktioniert, wie wir uns das vorstellen und die da eine Klempnerfirma holen müssen und die womöglich alles neu legen."

„Werden sie nicht müssen", meint Kalle, schiebt dann jedoch hinterher: „Aber ja, erwischt werden sollten wir da diesmal in der Tat nicht".

„Ja, ist auch unwahrscheinlich, dass uns da jemand mit dem Sack Katzenstreu in die Klos rein laufen sieht", meint Roland in seiner hin und wieder ironisch-zynischen Art und lacht.

Zum Glück ist niemand in der Nähe, der ihr Gespräch belauschen könnte. Solche Amateure sind sie ja nicht.

„Ja gut, niemand hat gesagt, es würde einfach werden", entgegnet Kalle ebenfalls lachend.

„Es erfordert Planung, aber es ist nicht unmöglich", schaltet sich nun Martin wieder ein.

„Der Mann hat die richtige Einstellung! So gefällt mir das!", meint Kalle lachend und legt Martin seinen Arm um den Hals. Ohne diesen dort weg zu bewegen, legt Kalle dann richtig los: „Und was das Geld angeht, brauchen wir uns keine Vorwürfe zu machen. Meine Mutter kennt eine, die bei der Stadt arbeitet. Die haben genug Geld. Und die Klempnerfirmen brauchen ja schließlich auch Aufträge. Und wenn die das Geld kriegen, kurbelt das die Wirtschaft an. Das haben wir doch in Gemeinschaftskunde gelernt. Da habe ich nämlich nicht geschlafen." Mit diesen stolzen Worten beendet er sein Plädoyer für die Ausführung des Plans.

In den anderen scheinen diese überzeugenden Worte doch etwas ausgelöst zu haben. „Na ja, wenn man das so sieht, spricht ja eigentlich wenig dagegen", meint Kurt, woraufhin Jens und Martin zustimmen. Roland ergänzt noch, dass sie dann ja auch dem Hausmeister gegenüber kein schlechtes Gewissen haben müssten, da dieser sowieso nichts dagegen ausrichten könnte und somit nur den Anruf tätigen müsste.

„Guter Punkt", meint Kalle, der seinen Arm noch immer um Martins Hals gelegt hat. Das Tätigen eines Anrufs halten alle für vertretbar. Dem Hausmeister wollen sie nämlich wirklich nichts Böses. Der ist eigentlich ganz in Ordnung, da sind sie sich einig. Ganz anders diese Mathelehrerin Frau Meier-Klamm.

„Also einigen wir uns darauf: Jeder schläft nochmal drüber, Roland, Du fragst mal Deinen Bruder und dann entscheiden wir morgen endgültig und planen dann auch alles Weitere … Und Kalle, nimm jetzt bitte Deinen Arm da weg, ich bekomm' so langsam echt Nackenschmerzen", meint Martin.

„Klar, sorry", antwortet Kalle und nimmt seinen Arm von Martins Hals. „Und der Rest klingt auch gut", fügt er noch hinzu.

So verbleiben sie also für den Moment. Da ertönt auch schon der Pausengong. Und da dieser Pause-beendende Gong ja schließlich absolut gilt (anders als der Pause-einleitende, der ja mehr als unverbindliche Empfehlung betrachtet wird, wie ein Zebrastreifen im Ausland), machen sie sich besser gleich auf den Weg und nicht erst fünf Minuten später.

„Mist, wollte doch was Essen", meint Jens.

„Ach richtig, ich auch", fällt es daraufhin auch Roland auf und er meint weiter: „Ich hab' aber mein Pausenbrot in der Schultasche gelassen."

„Ich hatte meins ja sogar die ganze Zeit in der Hand", meint Jens seufzend den Kopf schüttelnd.

„Du bist auch echt so ein Fall für sich, mein lieber", meint Kalle lachend.

Auch die anderen müssen lachen.

„Ihr hättet mich ja auch mal drauf aufmerksam machen können", empört sich Jens künstlich, muss dabei aber selbst lachen.

„Was haben wir denn mit Deinem Pausenbrot zu tun, Kollege?", fragt Martin.

„Also ich will mit Thunfisch sicher nix zu tun haben", schaltet sich Kurt ein, woraufhin eine Diskussion über eben diesen Thunfisch und seinen Geschmack ausbricht, die noch bis ins Klassenzimmer, in dem der als Nächstes anstehende Englischunterricht stattfindet, hineinreicht, auf deren inhaltliche Wiedergabe an dieser Stelle jedoch getrost verzichtet werden kann.

Der restliche Schultag verläuft recht unaufgeregt. Sie spüren alle sowohl in der Englischstunde als auch in der auf diese folgenden Deutschstunde ihre Müdigkeit wieder besonders deutlich. Der Adrenalinspiegel scheint sich also abgesenkt zu haben. In der darauffolgenden Pause stellen sie gemeinsam fest, dass drei Hauptfächer an einem Montag nach einhelliger Auffassung aller fünf Jungs verboten gehören ... obwohl die Nebenfächer eigentlich auch nicht wirklich besser sind. Ansonsten bereden sie aber nicht mehr viel zu ihrem Plan, essen dafür endlich etwas, sind daraufhin in der Deutschstunde noch müder und sind froh, nach dieser nach Hause zu dürfen.

Am nächsten Morgen sind drei von ihnen bereits vor Unterrichtsbeginn an der Schule. Kalle und Roland kommen erst einige Minuten nach diesem, was nicht gerade zur Begeisterung der Geschichtslehrerin beiträgt. Um diese nicht zu verärgern, fragt niemand Roland, ob dieser durch seinen Bruder etwas zum Thema ‚Verstopfungstaktik' herausgefunden hat, sondern sie dösen alle ganz brav auf ihren Stühlen vor sich hin. Die Geschichtslehrerin hat längst aufgegeben, sie davon abzuhalten. Sie kommen also alle gut mit ihr klar. Nur auf den Unterricht störende Geräuschpegel reagiert sie eben allergisch, weswegen sie bemüht sind, einen solchen nicht zu verursachen. Aber beim Dösen schnarcht man ja für gewöhnlich nicht.

In der Pause treffen sie sich dann aber an ihrem angestammten Platz wieder und haben diesmal sogar etwas zu Essen dabei.

Nach einiger gefräßiger Stille fängt Kalle dann (mit immerhin halb leerem Munde) an: „Also Roland hat gute Nachrichten für uns mitgebracht" und grinst.

„Tatsächlich?", fragt Martin ebenfalls grinsend.

„Ja, also mein Bruder meint, das sollte tatsächlich ziemlich effektiv funktionieren."

„Sehr gut", meint Martin.

„Und der Aussage kann man vertrauen?", fragt Jens etwas misstrauisch.

„Da bin ich mir eigentlich sehr sicher", antwortet Kalle.

Roland meint: „Doch ja, er hat ziemlich überzeugt gewirkt ... auch wenn er es natürlich noch nie getestet hat."

„Ach nicht?", fragt Kurt künstlich erstaunt und lacht.

„Nein, tatsächlich nicht", antwortet Roland ebenfalls lachend, fügt dann allerdings etwas nachdenklicher hinzu: „Allerdings hat er auch gemeint, man bräuchte schon eine ganze Menge von dem Zeug, um wirklich das ganze Abwassersystem lahmzulegen. Er sieht also nicht wirklich, wie wir das da rein bekommen sollen, ohne dass es auffällt. Außerdem hat er auch betont, dass es ein richtiges Problem wäre, wenn wir erwischt werden würden, weil die Reparatur unter Umständen eine riesige Sache wäre. Also er hat uns eigentlich eher abgeraten."

Das stimmt auch die anderen recht nachdenklich. Nur Kalle, der meint: „Ja, aber für die Entscheidung ist Dein Bruder ja nicht zuständig und uns fällt doch immer was ein. Dann nimmt halt jeder was in seinem Rucksack mit und wir gehen mehrfach und immer auf verschiedene Klos."

„Dann bräuchten wir aber trotzdem irgendwo ein unentdecktes Depot. Wir können das ja schließlich nicht über Tage langsam aufbauen. Dann fällt es ja erst recht auf und außerdem war dann der Klempner schon da", gibt Martin zu bedenken.

„Stimmt", meint Kalle, der wohl gerade feststellt, dass seine Idee doch nicht so ausgereift und überhaupt genial sein könnte, wie sie ihm zuerst erschienen ist.

„Sollten wir uns Rucksack-Komplizen suchen?", wirft Kurt ein.

„Bist Du verrückt?! Vertraue niemandem!", meint Jens sofort.

„Ja, das ist wirklich zu heikel", pflichtet ihm Martin bei. Auch Roland nickt.

„Mhm, verzwickt...", meint nun auch Kalle und kratzt sich am Kinn, als würde ihm dort bereits ein Bart wachsen.

„Und wenn wir das etwas effizienter machen?", meint Martin nun und wirkt so, als hätte er eine Idee. Die anderen können ihm natürlich erst mal noch nicht folgen.

„Wie meinst?", fragt Kalle.

„Na ja, dass wir gar nicht das Ziel verfolgen, das gesamte Abwassersystem zu verstopfen, sondern nur die einzelnen Klos. Das Zeug also nicht runterspülen, sondern nur nach und nach in die Klos einfüllen und verklumpen lassen."

So begeistert wie Martin selbst ist zunächst keiner: „Ja, aber die sind doch nie alle gleichzeitig frei…", gibt etwa Roland zu bedenken.

„Na ja, in der Pause natürlich nicht. Es müsste eben mal eine Hohlstunde oder Mittagspause sein." Wir müssen das ja nicht für übermorgen ansetzen. Das läuft uns ja nicht weg.

„Ja, das stimmt. Und eine Hohlstunde sollte es sowieso sein", meint Kalle. „Sonst hört es der Nebenmann ja rieseln."

Bei dem Wort Nebenmann schaut Jens auf und meint: „Ähh Jungs … aber wie sollen wir das denn dann mit den Mädchenklos machen?"

„Oh Mist, das ist heikel", antwortet Roland gleich.

„Ja, und mit den Lehrerklos…", fügt Kalle hinzu. „Darum geht es ja schließlich hauptsächlich."

„Ach verdammt, die Idee ist für die Tonne", ärgert sich Martin. „Egal, wir brauchen erst mal Ansätze. Wir stehen ja noch ganz am Anfang. Am besten wir treffen uns nochmal beim Feld und planen das Ganze ausführlicher. Irgendwann fällt uns bestimmt was ein."

Von Letzterem zwar nicht ganz überzeugt, stimmen sie der Idee, sich dafür nochmal zu treffen, aber doch alle zu.

„Aber heute haben wir ja so lange Mittagsschule", gibt Jens gequält zu bedenken.

„Ach ja Mist und dann auch noch Sport, da kann man nicht mal schlafen", steigt Kurt in den Jammer mit ein.

Diese Aussicht ist wohl für keinen der fünf allzu erbaulich. Auch für Kurt und Martin nicht, die eigentlich sogar recht sportlich sind, aber eben nicht alle Sportarten mögen.

„Aber vielleicht morgen, da haben wir ja schon nach der Vierten Schluss, weil die Englischlehrer auf Fortbildung sind", schlägt Martin vor.

Das hatte wohl keiner der anderen mehr auf dem Schirm. Umso größer natürlich die Freude. Und auch, sich dann am morgigen Tag entweder direkt im Anschluss an die Schule oder nachmittags zu treffen, erscheint allen als gute Idee.

Auch dieser Schultag verläuft recht unspektakulär. Mathe haben sie auch erst am morgigen Tag wieder. Da die Lehrerin sie ja nun ohnehin auf dem Kieker hat, beschließen sie, die Hausaufgaben lieber noch in der Mittagspause von dem einen sehr sozialen Mitschüler abzuschreiben. Der ist zwar auch nicht so gut in Mathe, aber das mindert in diesem Fall ja eigentlich eher das Risiko, dass es auffällt.

Nach dem Sportunterricht sind sie dann alle sehr froh, nach Hause zu dürfen. Noch hatte niemand die zündende Idee, auch wenn alle natürlich weiter gegrübelt haben, wie sie sich gegenseitig bestätigen.

Auch der nächste Schultag verläuft ohne größere Auffälligkeiten. Besonders lang ist er ja nicht. Im Matheunterricht muss überraschenderweise Kurt und nicht Kalle seine Hausaufgaben vorlesen. Da alles so grottenfalsch ist, merkt die Lehrerin noch nicht einmal, dass er abgeschrieben hat … hält ihm aber trotzdem eine Standpauke von wegen: „Das kommt eben davon, wenn man nicht aufpasst!"

Nach der Stunde (in der Stunde wäre es zu heikel gewesen) meint Kurt dann zu den anderen: „Wenn die wüsste, dass ein ganz gewissenhafter Schüler die Aufgaben gelöst hat."

„Hab ich mir auch gedacht", antwortet Jens sofort und die anderen nicken.

„Der Arme", fügt Kalle hinzu und die anderen nicken wieder.

„Hat mir auch Leid getan", meint Roland.

„Den freut es bestimmt auch, wenn wir die dumme Gans in die Pfanne hauen", meint Martin.

„Sollen wir ihn einschalten?", fragt Kurt.

„Lieber nicht", meint Jens und alle anderen pflichten ihm bei.

„Ihr wisst doch. Vertraut niemandem", erinnert Kalle noch einmal an einen wichtigen Grundsatz der Streiche-Spieler und sonstigen Mist-Bauer.

„Ich konnte heute Nacht übrigens nicht schlafen", setzt Roland an.

„Mein Beileid", antwortet Jens.

„Was kannst Du eigentlich?", fragt Kalle daraufhin und lacht.

Auch Roland lacht, meint aber: „Ich war doch noch gar nicht fertig, Blödmann!"

„Ach so … konntest Du auch nicht pinkeln, als Du's versucht hast?", fragt Kalle provokant und lacht.

„Ihr beide in 60 oder 70 Jahren … immer…", kommentiert Martin. Alle lachen.

„Nein aber ernsthaft", setzt Roland nochmal an. „Ich hab' wach gelegen und dabei is' mir was eingefallen."

„Dass Du keine Zähne geputzt hast?", unterbricht Kalle gleich wieder.

Roland lacht und meint: „Ok, hat keinen Wert: Ich erzähl's nachher, wenn wir uns am Feld treffen."

„Ach so, es hat was mit dieser Sache zu tun", meint Martin.

„Ja, was denkst Du denn...", antwortet Roland lachend.

Sie beschließen, alle erst einmal schnell heimzugehen, eine Kleinigkeit (verfrüht) Mittag zu Essen und sich dann so bald wie möglich wieder an einer ihrer üblichen ‚Plan-Ausheck-Stellen' am Feld zu treffen.

Nur knapp zwei Stunden später haben sie sich dort alle versammelt (Kalle und Jens sind schon eine Weile da, aber der Rest hat doch etwas länger gebraucht. Roland trudelt schließlich als Letzter ein.

„Wie soll es anders sein...", kommentiert Martin, wobei ihm Kalle zustimmt.

„Du musst gerade das Maul aufreißen. Du bist doch selbst nicht mal fünf Minuten hier", meint Jens und lacht.

„Pssst, das braucht er doch nicht zu wissen", raunt Martin ihm so zu, dass es jeder hört. „Außerdem sind fünf Minuten früher schließlich auch früher."

Dem hat natürlich niemand etwas entgegenzusetzen.

„Also, dann spann uns mal nicht weiter auf die Folter", sagt Kalle. „Du hast wach gelegen mit ungeputzten Zähnen und konntest nicht pinkeln, was Dich in Sachen Rohrverstopfung entscheidend weiter gebracht hat", fasst Kalle die bisherigen Erkenntnisse nochmal zusammen.

„Genau", meint Martin und lacht. Die anderen auch.

Dann fährt Roland aber fort: „Und zwar ist mir eingefallen, dass doch das Schulgebäude vor einigen Jahren umgebaut worden ist und die alten Kohle-Keller zu Abstell- und Klassenräumen geworden sind."

Das scheint gar nicht jedem klar zu sein. Aber Martin erinnert sich: „Stimmt, und ein größerer Abstellraum ist doch jetzt ein Bio-Klassenzimmer."

„Ganz genau", antwortet Roland nun sehr aufgeregt. „Und vor diesem Klassenzimmer sieht man doch immer solche Rohre verlaufen, weil der ehemalige Raum neben dem Heizungsraum jetzt zum Flur gehört." Da niemand so aussieht, als könnte er ihm absolut folgen, schiebt er noch hinterher: „So hat mir das mal irgendein Lehrer erklärt. Auf jeden Fall sind da doch diese Rohre."

„Was sind das für Rohre?", fragt Jens.

„Heizung, dachte ich", antwortet Martin.

„Nein, eben nicht. Das ist Abwasser!!", meint Roland weiterhin sehr aufgeregt. In diesem Moment herrscht Stille. Sie schauen sich alle an. Nacheinander, so dass jeder mal jeden angeschaut hat. Sie ahnen, von welcher Tragweite dieser Durchbruch sein würde, wenn dies tatsächlich stimmen würde.

„Abwasser? Bist Du sicher?", fragt Jens nun ungläubig.

„Jetzt wo Du's sagst. Da stinkt's manchmal richtig übel", schaltet sich Kurt ein.

Daran scheinen sich nun auch die anderen zu erinnern.

„Dachte immer, das ist einer von Euch…", meint Kalle. Alle lachen und schütteln die Köpfe.

„Ja, und als wir in der fünften Klasse waren, hat es doch einmal ganz besonders furchtbar gerochen und es war abgesperrt und da waren irgendwelche Handwerker zu Gange. Wisst ihr noch?"

„Ne", antworten Kalle und Martin.

Aber bei Jens und Kurt klingelt etwas. Letzterer meint zu Ersterem hin gewandt: „Stimmt, wir haben doch den einen Handwerker gefragt, was er da macht und der hat geantwortet ‚Wollt ihr gar nicht wissen. Ist eine ziemliche Scheiß-Arbeit' und hat gelacht."

Auch Jens erinnert sich nun. Die anderen nicht.

„Ach richtig, wir waren da ja noch gar nicht in einer Klasse", erinnert sich nun Roland wiederum. „Ja und jedenfalls an dem Rohr – ich bin vorhin extra nochmal vorbei, damit ich Euch keinen Quatsch erzähle, ist auch so ein runder, seitlicher Verschluss, der jedenfalls theoretisch so aussieht, als könnte man ihn aufschrauben", fährt Roland fort.

„Stiiimmmt, das Ding hab ich auch schon gesehen!", erinnert sich Martin und bekommt dabei leuchtende Augen.

„Also eben erst mal nur theoretisch", betont Roland nochmal, um die spontan ausgebrochene Euphorie etwas zu bremsen, so lange der Plan noch nicht zu Ende geschmiedet und es auch noch gar nicht klar ist, ob es überhaupt möglich ist, ihn zu Ende zu schmieden.

„Das hat doch so eine Metalllasche, in die man irgendeinen Hebel stecken könnte, oder? Also ein Spezialwerkzeug braucht man da glaube ich nicht", meint Martin hoffnungsfroh.

Das lässt die anderen weiterhin euphorisch bleiben.

Kalle meint dann nach einigem Hin und Her schließlich: „Also, dann machen wir doch jetzt einfach mal einen hypothetischen Plan, wie es gehen könnte … ob es dann wirklich funktioniert, sehen wir ja bei der Durchführung."

Dies scheint alle zu überzeugen. Kurt blickt allerdings etwas skeptisch auf die Frage, was man denn im Falle eines Scheiterns mit dem ganzen Katzenstreu machen sollte.

Darauf hat Kalle aber eine Antwort: „Das schütten wir dann im Schulhaus aus und hängen einen Zettel drüber, auf dem steht: Wasser sparen, Öko-WC benutzen. Schont Mutter Natur und lässt Freude aufkommen … Hab mal was gelesen, dass es gar nicht so viel Wasser gibt, wie man denkt."

Damit sind also alle Zweifel ausgeräumt und sie machen sich an die professionelle Planung. Zuerst geht es dabei um die Frage, wann das Ganze denn stattfinden soll.

Da meint Roland: „Ich hab' mir überlegt, vielleicht schon diesen Freitag. Da müssen wir doch alle nachsitzen. Und in der Mittagspause ist kaum noch jemand in der Schule, da könnte man sich runter schleichen."

Das Konzept weiß jedoch nicht zu überzeugen.

„Wenn fast niemand mehr da ist, bekommt doch aber auch fast niemand das Ergebnis mit… Und ich fürchte, in Notfällen bekommt man auch samstags einen Klempner", gibt Martin zu bedenken.

Da muss Roland einsehen, dass dieser Teil seines Einfalls an Genialität durchaus nicht allzu schwer zu überbieten ist.

Kurt hat aber einen anderen Einfall: „Aber es gibt doch so eine Art Abendgymnasium … da ist die Schule bis Samstag Abend um acht geöffnet … Wenn man sich da möglichst gegen Ende rein schleichen würde, sodass es da nicht mehr unbedingt auffällt, sondern erst Montag morgen."

„Mensch Kurti, manchmal bist Du einfach genial!!", äußert sich Kalle höchst zufrieden.

„Weiß ich doch", antwortet ‚Kurti' (wie er eigentlich absolut nicht genannt werden will) und lächelt milde.

Auch die anderen sind durchaus der Überzeugung, dass dies so funktionieren könnte.

Kalle meint: „Also peilen wir direkt mal diesen Samstag an, da hab' ich abends sonst noch nix Besseres vor. Könnt ihr da auch?" Alle nicken. „Wenn wir merken, das wird bis dahin nix, können wir ja einfach auf eine andere Woche ausweichen."

Damit sind alle einverstanden.

„Bekommt man Katzenstreu eigentlich nur in der Tierhandlung?", ist die nächste Frage, gestellt von Roland.

Das weiß niemand so genau.

„Das müssten wir noch raus kriegen … Wir können ja gleich mal noch ein bisschen die Geschäfte abklappern", schlägt Martin vor, was alle anderen gut finden.

„Nächste Frage wäre immer noch: Wie bekommen wir das Zeug unauffällig ins Schulhaus?", meint Martin.

„Na ja, da uns sowieso niemand sehen darf, weil es sonst viel zu eindeutig wäre, können wir das Zeug dann auch ganz offen rein schleppen", antwortet Kalle.

Davon ist der Rest der Bande jedoch nicht ganz so überzeugt.

„Na ja, aber wenn das Zeug niemand sieht, kann uns keiner was Nachweisen", gibt Kurt zu bedenken.

Dem widerspricht allerdings Jens: „Na ja, nachweisen könnte man uns das höchstens, wenn jemand zufällig seine Videokamera dabei hat und uns photographiert … ansonsten können die uns eher dran kriegen, wenn man Rückstände von dem Zeug in unseren Rucksäcken findet."

„Auch wieder wahr", gibt Kurt zu.

Und auch dem Rest scheint dies einzuleuchten, sodass Kalles Vorschlag schließlich doch noch Anklang findet und in den Plan aufgenommen wird. Schriftlich hält diesen aber natürlich niemand fest … nur eine Spur, die man dann wieder fachgerecht vernichten müsste. Bezüglich des ‚Hebels‘, mit dessen Hilfe man den ‚Rohr-Zugang‘ besser aufbekommen würde, meint Kurt, er würde da bei sich im Keller bestimmt etwas finden.

Dann fasst Kalle den Plan nochmal zusammen: „Also, wir gehen jetzt einfach mal davon aus, dass wir das Rohr geöffnet kriegen, schauen uns das Ganze vielleicht am Freitag nochmal an, beraumen nächsten Samstag Abend als Termin für die Durchführung an, ohne uns zu sehr darauf festzunageln, Kurt durchkämmt mal seinen Keller und wir versuchen jetzt die nächsten Tage, möglichst unauffällig Katzenstreu ran zu schaffen. Hab' ich irgendwas vergessen?"

Die anderen überlegen alle kurz und meinen dann alle so etwas wie „Ne, passt."

„Mensch, sind wir gut", meint Martin zufrieden grinsend. „Keine viertel Stunde 'rum und der Meisterplan steht praktisch."

„Und wenn er wider erwartend doch nicht funktionieren sollte, haben wir ja jetzt sogar noch eine gute Alternative", fügt Jens ebenfalls höchst zufrieden hinzu.

„Stimmt", meinen die anderen, grinsen und lachen.

Kalle meint: „Gut, dann würde ich doch vorschlagen, dass wir, weil wir hier ja so schnell durch waren, gleich mal Richtung Innenstadt marschieren und ein paar Geschäfte abklappern. Wir sollten vielleicht mindestens zwei finden, da wir ja vermutlich doch einiges brauchen werden und nicht auffallen wollen."

Das hält der Rest auch für eine gute Idee. Martin gibt allerdings zu bedenken, dass sie heute nur schauen könnten und noch nichts kaufen, da sicher keiner von ihnen einen oder gar mehrere Säcke Katzenstreu unbemerkt zu sich nach Hause bringen geschweige denn dort lagern könnte.

„Das is' allerdings wahr", antwortet Kalle darauf.

Und auch der Rest, der dies ebenfalls bislang nicht bedacht zu haben scheint, hält dies bei genauerer Überlegung durchaus den Fakten entsprechend.

„Dann müssen es also auf jeden Fall Geschäfte sein, die auch samstags, möglichst sogar Samstag nachmittags offen haben", ergänzt Roland dann noch.

„Stimmt, guter Punkt", meint Kalle und die anderen stimmen ebenfalls zu.

Sie machen sich dann also auf den Weg und gehen auf gut Glück in Geschäfte, die nach ihrer aller Empfinden so wirken, als könnten sie Katzenstreu verkaufen. Bei den ersten drei Geschäften müssen sie ernüchtert feststellen, dass sie sich da wohl etwas verschätzt haben, beim vierten haben sie aber Glück. Einzig der Preis ist wiederum etwas erschreckend.

„Da würde ich meiner Katze aber lieber zeigen, wo Nachbars Garten ist", meint Kalle gewohnt ehrlich.

Die anderen lachen, müssen ihm aber auch zustimmen.

„Das Geschäft mit dem Geschäft, ja ja...", schiebt Kalle noch nach, was das Lachen der Übrigen sowie auch sein eigenes noch einmal etwas lauter werden lässt, bevor sie wieder ernst werden und sich den seriösen Dingen, für die sie eigentlich her gekommen sind, widmen.

Sie merken sich dieses Geschäft also, da dieses auch samstags immerhin bis 16 Uhr geöffnet ist, gehen aber noch in ein weiteres, das noch als Letztes auf ihrer Liste von vermeintlich Katzenstreu führenden Läden übrig war. Dieses hat zwar tatsächlich auch Katzenstreu im Angebot, aber samstags dafür nicht mal vormittags auf.

„Na gut, dann müssen wir eben doch alles in einem Geschäft kaufen", meint Jens.

„Ja, aber bei den Preisen würde ich sowieso höchstens zwei Säcke kaufen. So groß und schwer wie die sind, müsste das ja auch reichen", antwortet Kurt darauf.

Beiden Punkten stimmen die anderen jeweils zu.

Höchst zufrieden verlassen sie also das Geschäft, in dem sich jeder noch etwas zu trinken gekauft hat und beschließen, sich erst mal ein Eis zu genehmigen, was ihnen allen als gelungene Krönung eines gelungenen Tages erscheint.

Nachdem sie sich dann vor der Eisdiele noch über alles Mögliche unterhalten haben (nicht aber ihren Plan … nicht, dass es noch irgendjemand mitbekommt, der es nicht mitbekommen sollte), wird es dann auch schon langsam Abend und sie beschließen, sich allmählich auf den Heimweg zu machen, da es sicher bald Abendessen geben würde und sie dann am nächsten Tag ja auch schon wieder so entsetzlich früh aufstehen müssen. Eigentlich wären auch noch Hausaufgaben zu machen, aber das interessiert sie ja für gewöhnlich alle eher weniger. So eben auch an diesem Tag.

„So einen Tag macht man sich doch nicht mit Hausaufgaben kaputt", meint Kalle noch, bevor sich ihre Wege trennen.

„So sieht's aus", antwortet Martin und der Rest nickt.

Der nächste Schultag verläuft weitgehend ohne nennenswerte Vorfälle. Nichts besonders Lustiges. Aber ein paar Mal kommt der ein oder andere (Schüler oder Lehrer) einem von ihnen etwas blöd, woraufhin sie dann jeweils in sich hinein grinsen und denken „Warte nur ab, Du Ar … beiten da an etwas". Es erwischt zwar die Netten genauso, aber man muss eben Kompromisse machen, da sind sie sich, wie so oft, mal wieder einig.

Auch der Freitagvormittag geht ohne größere Besonderheiten über die Bühne. Nur sind sie alle bereits etwas aufgeregt, da sie ja heute genauer betrachten wollen, ob ihr Plan überhaupt realisierbar sein könnte.

In der Mittagspause machen sie sich dann zunächst auf dem Weg zu einem nahe gelegenen Bäcker und kaufen sich dort eine Kleinigkeit, verspeisen diese und kommen dann zurück auf ihr geliebtes Schulgelände, das sich erwartungsgemäß nahezu geleert hat. Die wenigen, die noch da sind, lassen kaum einen Zweifel daran, dass man sie wohl gleich beim Nachsitzen wieder antreffen wird, wie Jens den anderen zuraunt und diese seine Einschätzung bestätigen. Sie sind sich aber ebenfalls alle einig, dass dies nicht unbedingt etwas Schlechtes ist.

Sie wagen sich also schließlich an den zukünftigen ‚Ort des Verbrechens', wobei sie sich auf dem Weg dorthin immer mal wieder möglichst unauffällig umschauen, ob ihnen auch wirklich niemand folgt. Schließlich könnte bereits das fatal sein, wenn hinterher jemand aussagen könnte, er haben die drei dort unten herumschleichen sehen. Jedenfalls müssten sie ihr Vorhaben dann weiträumig verschieben, was sie doch alle recht ärgerlich finden würden, da sie sich mittlerweile doch schon sehr auf die Durchführung freuen.

Ihnen scheint aber niemand zu folgen und auch in den unteren Räumlichkeiten scheint niemand mehr unterwegs zu sein. Was für ein Glück! Dass sich dort noch irgendwelche Lehrer unterhalten oder Nachhilfekurse gegeben werden, ist nämlich gar keine Seltenheit, wie Jens auf dem Weg nach unten noch zu bedenken gegeben hat. Sie haben also Glück und können unbemerkt zu besagtem Rohr vordringen. Und tatsächlich: Dort ist etwas, das nach einem (gar nicht mal so verrosteten) Drehverschluss aussieht, der oben an dem Rohr befestigt ist.

„Zum Glück oben", bemerkt Kurt flüsternd.

„Unten wäre ja auch in keinem denkbaren Szenario so besonders praktisch ... nicht nur für uns", antwortet Kalle etwas belustigt.

„Das stimmt natürlich", meint daraufhin wiederum Kurt. Der Rest nickt und lacht.

„Sieht tatsächlich so aus, als könnte man das als Normalsterblicher aufschrauben", meint Roland, während er den Verschluss beäugt.

Martin, der dies offenbar als Aufforderung zu einem Versuch versteht und sich darüber hinaus wohl auch zu den ‚Normalsterblichen' zählt, dreht daraufhin einfach mal beherzt daran. Erst tut sich nichts, dann bewegt sich der Verschluss aber doch ein ganzes Stück, und es fängt direkt an etwas zu zischen. Martin, der selbst mindestens so erschrocken ist wie alle anderen, ist aber doch so geistesgegenwärtig, dass er prompt wieder in die andere Richtung dreht und den Verschluss so fest er kann zudreht, ehe er das ganze Geschehen mit: „Oh Mist, das geht ja wirklich" kommentiert.

„Aber das ist ja gut", meint Kalle.

„Hoffe nur, das Zischen hat man nicht sonst wo noch gehört und der Hausmeister kommt jetzt hier gleich runter", wirft Kurt etwas besorgt ein.

„Der ist, glaube ich, um die Zeit immer Mittag essen, der wohnt ja gleich nebenan", beruhigt Roland ihn aber schnell wieder.

Anschließend führt jeder für sich einen kleinen Freudentanz auf und sie strahlen sich gegenseitig an. Nun steht der Durchführung ihres genialen Plans eigentlich nichts mehr im Wege.

Kurt meint noch: „Wie gut, dass ich ganz vergessen habe, in meinem Keller zu schauen … wäre ja jetzt völlig umsonst gewesen…" und lacht.

„War ja klar", meint Martin trocken, lacht dann aber doch.

Der Rest (inklusive Kurt) tut es ihm gleich.

Sie schicken also Jens vor, um zu schauen, ob die Luft rein ist, was dieser von früheren Aktionen durchaus gewohnt ist, wenn er auch nach wie vor nicht so begeistert von der Tatsache ist, dass es immer er sein muss, und machen sich dann direkt langsam aber sicher auf den Weg zu den Räumlichkeiten, in denen das Nachsitzen stattfindet. Dort angekommen, haben sie natürlich noch immer gute Laune, die von den meisten anderen gut 15 Leuten wohl nur die wenigsten teilen können (normalerweise ist man ja von dem Umstand, dass man Nachsitzen muss nicht gerade sehr angetan…)

und der Lehrer, den man beauftragt hat, an einem Freitag Nachmittag die ganzen mehr oder weniger asozialen Schüler (was allerdings keiner der fünf Jungs als Beleidigung oder Schimpfwort empfindet…) zu beaufsichtigen, schon gar nicht.

Diese 90 Minuten verlaufen in der Tat etwas ungewöhnlich und (zumindest für die fünf Jungs und einige andere) durchaus sehr unterhaltsam, was seinerseits aber glatt eine eigene Erzählung wert wäre.
Jedenfalls haben sie es irgendwann hinter sich und ihre gute Laune weiterhin behalten. Sie verabreden sich dann für den nächsten Tag um halb vier Uhr Nachmittags vor dem Geschäft, in dem sie das Geschäft mit dem Geschäft der Katzen machen (reichlich viel Geschäft…). Für den heutigen Abend verabreden sie sich nicht, da sie größtenteils mit ihren Familien unterwegs sind. Sonst ist dies aber eigentlich recht gängige Praxis.

Nach einer Nacht, in der (wie nach einem kurzen Austausch darüber herauskommt) vor Aufregung keiner so recht in den Schlaf gefunden hat und dementsprechend noch später aufgestanden ist als sonst immer am Wochenende, finden sie sich dann also alle erstaunlich pünktlich an eben diesem ausgemachten Treffpunkt ein und verlieren auch keine weitere Zeit, sondern betreten das Geschäft schon wenige Minuten später. Sie erinnern sich alle noch genau, wo sie hinmüssen. Damit es so wenig wie möglich auffällt, einigen sie sich darauf, dass zwei einen Sack kaufen und sich an einer Kasse anstellen und die anderen drei sich mit dem zweiten Sack etwa fünf Minuten später an einer anderen. Dies klappt sehr gut, sodass sie sich etwa zehn Minuten später etwas ärmer und um einige Last schwerer vor dem Geschäft alle wieder treffen. Die benötigte Summe wird natürlich brüderlich geteilt. Sie beschließen, dass es nun wohl am besten sein würde, die Säcke zu ihrem Platz am Feld zu schleppen. Dort sind sie meist unbeobachtet und können die Säcke auch mit ihren (momentan noch nicht benötigten, aber in weiser Voraussicht mitgenommenen) Jacken bedecken und sich dann auf diese setzen, was gut ist, da sie die Stelle ohne Bank anzusteuern gedenken, weil diese einfach näher ist. Mit dem Tragen wechseln sie sich ab. Immer jeweils zwei Leute, dann wechselt einer, dann der andere und nach ein paar Minuten wieder das Ganze. So kann sich jeder mal erholen. Wie sie einhellig feststellen, ist dies ‚bei diesem schweren Zeug auch nötig‘ … Muskelprotz ist von ihnen ja nun wirklich keiner, auch wenn sie nicht alle gänzlich unsportlich sind. Auf dem Weg begegnen sie zum Glück nur wenig Leuten und achten in diesem Fall auch tatsächlich darauf, möglichst auf den Boden zu schauen und die Leute nicht zu grüßen. Das ist sonst eigentlich gar nicht ihre Art. Sie sind nicht in der Groß-stadt aufgewachsen und haben es eigentlich so gelernt, dass man Leute, denen man begegnet, zumindest kurz zunickt oder auch verbal „Hallo" sagt. Aber außer-gewöhnliche Umstände erfordern nun mal außer-gewöhnliche Maßnahmen, sodass sie in diesem Fall eben vorsichtshalber sowohl auf das eine als auch auf das andere verzichten, um weder am Gesicht noch an der Stimme erkannt zu werden. Da trifft es sich natürlich erst recht gut, dass sie nicht so vielen Leuten begegnen, da es sich, wie sie später im Gespräch feststellen, für alle irgendwie nicht richtig anfühlt, nicht zu grüßen.

An ihrer angestammten Stelle angekommen bedecken sie dann also die Katzenstreu-Säcke, wie bereits erwähnt, mit ihren mitgebrachten Jacken (die sie aber tagsüber noch nicht anziehen müssen, aber, wie im eher frühen Frühling üblich, am Abend sicher brauchen werden) und zwei von ihnen setzen sich auf diese Sitzkissen der ‚Marke Eigenbau' … Keine Marke, die sich am freien Markt lange halten würde, wie sich schon bald zeigt. Kalle und Martin haben in ihrem Leben durchaus schon bequemer gesessen. Da haben es die anderen, die ihre Jacken direkt aufs Gras gelegt haben womöglich sogar besser. Aber das ist ihnen an diesem Nachmittag wirklich herzlich egal. Die Stimmung ist ausgelassen. Sie plaudern angeregt über dies und das, haben also einfach eine gute Zeit. Zwischendrin gehen sie auch immer wieder den Plan nochmal durch, bis sie ihn alle wirklich in- und auswendig kennen … aus furchtbar vielen Schritten besteht er ja nun auch nicht. Und manches kann man eben nicht planen. Sie wissen etwa nicht, ob nur der Haupteingang geöffnet ist oder auch die Nebeneingänge. Das müsste man dann eben auf sich zukommen lassen, sind sie sich alle einig. Kurt gibt noch bekannt, dass er doch noch seinen Keller nach brauchbaren Utensilien durchforstet hat und dabei auf einen Trichter mit etwas breiterem Ausguss gestoßen ist, der sich zum Einfüllen des ‚Zauberpulvers', wie er selbst es bei seinen Ausführungen nennt, sicher gut eignen wird, wie sie einhellig feststellen und Kurt danken, dass er daran gedacht hat, da über diesen Punkt ansonsten keiner so genau nachgedacht hat.

Als es bereits später Nachmittag ist, merkt Kalle an, dass er eigentlich auch etwas zu Essen vertragen könnte.

Daraufhin horcht der Rest der Bande in sich hinein und stellt fest, dass auch von ihnen zur Zeit keiner an allgemeiner Essensunverträglichkeit leidet.

„Also mit den Säcken können wir jetzt aber nicht bei dem Laden mit den Bögen rein spazieren", gibt Roland zu bedenken.

„Stimmt, da sollten wir lieber einen großen Bogen drum herum machen", macht Kalle einen ‚Kalle-Witz‘, der aber wie üblich dennoch ausreicht, um den Rest zumindest zum Schmunzeln zu bringen.

„Dann wählen wir eben zwei aus, die dort hin laufen und dem Rest was mitbringen", hat Martin bereits die Lösung parat.

„Gute Idee, also gehen Martin und wer noch?", antwortet Kalle darauf.

„Also ich hab jetzt eigentlich nicht unbedingt mich...", setzt Martin noch an.

„Ja, aber ich mein’ Dich", unterbricht ihn Kalle gleich.

„Martin und Kalle gehen.", zieht Kurt die vermeintlich logische Konsequenz daraus.

„Auf keinen Fall", meint Roland nun aber. „Wenn Kalle mitgeht, ist alles leer, wenn die wieder hier ankommen."

Das scheint für alle ein überzeugendes Argument zu sein und auch Kalle selbst widerspricht in diesem Fall nicht ... wäre ja auch schön blöd.

„Roland, gehst Du dann?", fragt Jens.

„Kann ich machen", antwortet dieser.

So gehen also Martin und Roland den weiten Weg zurück in die Zivilisation, ausgerüstet mit Kleingeld und Scheinen der übrigen drei sowie der Hoffnung, deren Bestellungen im Kopf behalten zu können, da natürlich niemand Papier geschweige denn einen Stift dabei hat. Sie haben selbstverständlich nicht ihre Schulrucksäcke dabei. Da hätten die Eltern sofort Verdacht geschöpft und man könnte sie zudem identifizieren, wenn sie dann mit diesen Rucksäcken wieder in den Unterricht kommen würden. Die Rucksäcke, die sie tatsächlich dabei haben, dürfen das Schulgelände danach nie wieder ‚betreten‘.

Nach gar nicht so langer Zeit und mit (fast) nur den richtigen Speisen in der Tüte kehren sie zum ‚Feldplatz‘ zurück, wo sie bereits sehnlichst erwartet werden. Nachdem sie alle gespeist haben, gehen sie gesättigt noch ein letztes Mal den Plan durch.

„Werdet ihr langsam auch ein bisschen nervös?“, fragt Roland in die Runde.

„Ja, so kribbelig…“, meint Kurt als erster.

Auch die anderen bringen ähnliche Gefühle zum Ausdruck. Nur Kalle beschreibt es mehr als ‚Vorfreude‘, was aber auch die anderen durchaus in Teilen als auf sich zutreffend bezeichnen würden.

Da doch auch das Verspeisen von ‚Fast Food‘ seine Zeit dauert, stellen sie fest, dass es langsam eigentlich schon an der Zeit wäre, loszulaufen. Es ist schon leicht dämmrig, ihre Jacken ziehen sie nun lieber an, da die Luft noch kühl und die Sonne weg ist. Sie bewegen sich also (recht langsam) in Richtung Schulgelände. Mit dem Tragen wechseln sie sich wieder ab. Während sie so laufen, stellen sie fest, dass sie doch alle immer nervöser werden. Sogar Kalle. Aber für keinen der fünf gibt es ernsthaft ein Zurück. Als sie am Schulgelände ankommen, ist es zwar wirklich schon recht dunkel, allerdings ist die

Beleuchtung des Geländes bereits eingeschaltet und innen ist auch alles hell.

„Martin, geh Du mal vor und überprüf' die Lage, wir warten so lange hier", meint Kalle.

„Wieso ich?!", fragt dieser flüsternd.

„Du hast die dunkelste Jacke", flüstert Kalle.

Martin überprüft dies kurz und meint dann „Ok, stimmt", und betritt das Gelände. Wenig später kommt er freudestrahlend wieder. „Leute, Hauptgewinn: Der Nebeneingang ist offen, aber der Flur nicht beleuchtet. Man sieht aber bestimmt noch genug. Und gesehen hab' ich keine Menschenseele. Die Abendschule ist ja auch am anderen Ende des Gebäudes".

Diese Euphorie greift schnell auf die anderen über.

„Besser geht es ja gar nicht", meint Roland mit deutlich wahrnehmbarer Erleichterung in der Stimme.

„Ich wusste doch, dass das läuft", meint Kalle zufrieden.

Und Martin sagt: „Also, dann lasst uns keine Zeit verlieren, bevor sich die Lage verschlechtert. Wie besprochen: Kalle, Du läufst mit einem Sack direkt hinter mir, Jens, Du mit dem anderen direkt hinter Kurt und Roland seitlich daneben, sodass es von einer Seite komplett blickdicht ist."

Dem folgt der Rest prompt. Es gestaltet sich etwas schwierig, dabei noch so natürlich wie möglich zu laufen … nach eigener Einschätzung meistern sie es aber ganz passabel. Kalle öffnet die Tür zum Nebeneingang, von der aus es nur einige Meter Flur bis zu den Treppen sind, die zu ihrem angestrebten Rohr führen. Da es draußen ja schon recht dunkel ist und innen die Beleuchtung nicht eingeschaltet, haben sie etwas Mühe, sich zu orientieren und nicht zu stolpern, aber es gelingt. Eine Taschenlampe hat natürlich niemand dabei und sie hüten sich selbstverständlich, nach Lichtschaltern zu suchen.

„Viel dunkler dürfte es draußen aber nicht sein", merkt Kurt flüsternder Weise an.

„Stimmt, aber so geht es gerade noch", flüstert Martin zurück.

In dem Eck, in das sie wollen, ist es zwar noch etwas dunkler, aber sie können trotzdem noch die Hand vor Augen (die im Falle von Kalle und Jens am Sack ist) erkennen sowie auch die Öffnung zum Rohr.

Kurt will sich sogleich ans Aufschrauben machen, hält dann aber kurz inne und flüstert den anderen zu: „Uns ist doch niemand gefolgt, oder?"

„Ne, das hätten wir merken müssen", beruhigt ihn Kalle.

Das mit dem Flüstern bekommt er heute zum Glück ganz gut hin.

Dann meint Jens, der den Sack Katzenstreu mittlerweile vor sich abgestellt hat: „Aber vielleicht sollten wir die Säcke erst aufmachen"

„Oh stimmt, guter Einwand", meint Roland.

„Oh verflucht, hat jemand 'ne Schere dabei?", fragt nun Kalle ungewohnt nervös.

In der Tat war dieser Punkt in den ansonsten so genialen Planungen bisher noch kein Thema.

„Klar, hab ich", antwortet Roland zufrieden.

„Mensch Kerle, Du bist genial", meint Kalle, bereits vollständig zur Euphorie zurückgekehrt. Sie schneiden die Säcke also einen nach dem anderen auf. In beiden Fällen fallen leider ein paar Körner auf den Boden, was in Vieren der Fünf für eine Schrecksekunde sorgt. Roland hat nämlich an Handfeger und Kehrblech dann leider doch nicht gedacht.

Aber Kalle meint „Egal, von was es verstopft ist, kommt sowieso raus", was den anderen durchaus einleuchtet.

Sie versuchen allerdings, es wenigstens mit den Füßen notdürftig etwas in die Ecke zur schieben.

„Das bringt nix, macht nur Krach", meint Kalle aber wiederum. „Fang lieber endlich an zu drehen, Kurt", schiebt er fast etwas ungeduldig noch hinterher.

„Jadoch!", meint dieser und regt sich künstlich etwas auf, ohne zu vergessen, dass er flüstern sollte. Der Verschluss lässt sich problemlos öffnen. Dann holt Kurt seinen Trichter aus dem Rucksack, während Kalle und Roland schon den ersten Sack zum Schütten in Position bringen. Sie hören wie es rieselt und riechen, dass sie definitiv das richtige Rohr geöffnet haben. Es rieselt und rieselt, es scheint also durchaus einiges in die Leitung zu laufen. Das Rohr verläuft zwar nicht senkrecht, aber doch abschüssig, sodass offenbar einiges gleich mit geschwemmt wird. Der erste Sack ist bereits komplett leer. Sie hören schon, wie seltsame Geräusche aus der Leitung kommen.

„Es scheint zu wirken", kommentiert Martin.

„Klar wirkt das, hat doch Rolands Bruder gesagt", antwortet Kalle leicht scherzhaft.

Roland relativiert etwas: „Na ja, er war sich ja selbst nicht ganz sicher."

„Den zweiten auch noch?", fragt Kurt.

„Klar, solange es nicht oben wieder rauskommt, schütten wir rein, was geht", bekundet Kalle, dass er die Frage für ziemlich überflüssig hält.

„Wir sind hier nicht beim Saufen, Kalle", meint Martin.

„Ja, da finde ich das Prinzip auch nicht restlos überzeugend, aber hier sollte es auf jeden Fall zur Anwendung kommen", antwortet Kalle prompt.

„Da hat er nicht Unrecht", bekräftigt Roland ihn.

Sie schütten also und schütten … und schütten und schütten, bis auch der zweite Sack gänzlich geleert ist.

„Erstaunlich", meint Martin.

„Hätte ich auch nicht gedacht", pflichtet ihm Kurt bei. „Hoffentlich wird das nicht einfach so durchgespült", fährt dieser fort, während er den Deckel wieder drauf schrauben will. Just in dem Moment hört man es zischen in der Leitung und Kurt kann seine Hand gerade noch rechtzeitig wegziehen und zurückweichen, ehe ein Schwall … Wasser (jedenfalls auch) durch die Öffnung nach draußen strömt. Verblüfft schauen sie sich alle an, soweit sie sich bei dieser Beleuchtung eben sehen.

„Irgendjemand muss die Klospülung betätigt haben", meint Jens.

„Und wenn das hier, obwohl das Rohr abschüssig ist, mit diesem Druck herausprudelt…", flüstert Kurt beinahe ehrfürchtig.

„Dann heißt das Hauptgewinn", bringt Kalle den Gedanken zu Ende. Das nun allerdings nicht mehr so ganz geflüstert.

„Jetzt aber nichts wie weg", meint Roland, der sich zwar auch freut, aber doch Sorge hat, dass sich ihre Missetat doch bereits an diesem Abend bemerkbar machen würde, wenn noch mehr Schüler der Abendschule die Klospülung betätigen würden.

„Keine Sorge, so schnell merkt man das nicht, das haben ja jetzt erst mal nur wir gemerkt", beruhigt Kalle seinen besten Kumpel, dessen Besorgnis er wohl allein aus diesen fünf Worten exakt herauslesen konnte.

„Mag sein", antwortet Roland. „Aber wir haben es ja jetzt gesehen, dass es wirkt und sollten jetzt deswegen besser kein Risiko mehr eingehen. Also, schraub' zu das Ding, Kurt und dann Abfahrt."

Das leuchtet allen ein, sodass Kurt den Verschluss sogleich zuschraubt. Natürlich nicht, ohne einmal in die Lache am Boden zu treten.

„Mist, ganz vergessen, dass die da ist", kommentiert er trocken und stellt sich daraufhin anders hin.

„Oh man, Kurt", meint Jens und lacht leise.

Auch die anderen schütteln den Kopf und schmunzeln.

Martin meint: „Um es mal mit den Worten eines berühmten Fußballers zu sagen. Haste…"

Da unterbricht ihn Kurt schon. „Das ist bestimmt fast nur Wasser."

„Würde ich mir an Deiner Stelle auch einreden", meint Kalle ganz trocken.

Während sie also ein wenig darüber mutmaßen, was Kurt denn nun am Fuß hat, gelingt es Letzterem, den Verschluss zuzuschrauben.

„Also dann wie besprochen: Die Säcke zusammenfalten, in die Rucksäcke und dann aber wirklich raus hier", erläutert Roland den nächsten Schritt des Plans nochmal für alle … Für den Fall, dass jemand vor lauter Aufregung und Freude vergessen hat, wie dieser lautet. Oder falls ihn sich jemand gar nicht erst gemerkt hat, da er doch nicht ernsthaft geglaubt hat, dass sie es so weit schaffen.

Jedenfalls wird der Schritt sogleich ausgeführt, sodass sie den Weg nach draußen antreten können. Dieser ist mittlerweile zwar noch deutlich dunkler, was ja aber eigentlich auch ganz gut ist. Und mithilfe ihres Tastsinns finden sie sich auch noch ziemlich gut zurecht, sodass sie den Ausgang schnell erreichen. Dieser ist zu ihrer aller Freude auch nach wie vor geöffnet. Sie laufen nun möglichst zügig, aber doch so langsam, dass es, falls sie denn beobachtet würden, nicht unbedingt so aussieht, als würden sie vor etwas weglaufen. Wie gut ihnen dies gelingt, wissen sie nicht. Um dies zu prüfen, hätten sie einen von ihnen an einem Fenster im oberen Stockwerk des Schulgebäudes postieren müssen, was ganz allgemein sehr wenig Sinn gemacht hätte. So laufen sie, bis sie das Schulgelände verlassen haben und einige Straßen weiter sind. Bis auf Sätze wie „Ist echt frisch geworden" und zustimmende Antworten, sprechen sie in dieser Zeit nicht viel. Als sie dann aber an einem Ort, an dem sie das Gefühl haben, dass ‚die Luft rein' ist, angekommen sind, lassen sie ihrer Freude und Erleichterung doch freien Lauf. Sie klatschen sich ab, umarmen sich teilweise und sind ganz allgemein bestens gelaunt.

„Das hat ja viel besser geklappt, als ich gedacht hätte", meint Roland zufrieden.

„Ja, echt optimal. Hätte ich so auch nicht mit gerechnet", pflichtet ihm Kurt bei.

Auch Jens und Martin nicken.

„Also ich für meinen Teil hab' ja gesagt, das wird klappen", lässt es sich Kalle natürlich nicht nehmen, auch seinen ganz persönlichen Triumph auszukosten (wenn auch ironisch natürlich).

„Ja, ich weiß, aber dass wir sogar noch demonstriert bekommen, dass unser Tun erfolgreich war, das war schon wirklich ein glücklicher Zufall", meldet sich Roland nochmal zu Wort.

Dann setzt Jens seinen Rucksack ab und holt aus diesem zwei Getränkedosen hervor.

„Wie, Du hast Bier dabei?", fragt Kalle ihn mit funkelnden Augen.

„Ja, für den Fall, dass wir siegreich sind … und falls wir es nicht sind, dann eben als Frust-Bier."

„Dem Mann gehört ein Orden verliehen!", freut sich auch Roland.

„Hat mir mein Bruder gekauft", meint Jens.

„Guter Mann!", meint daraufhin wiederum Roland.

„Sind eben nur zwei, aber wir können sie ja brüderlich teilen."

Da sind sie sich alle sicher, dass sie das können. Sie sind ja auch erst in der neunten Klasse und haben gerade erst ihre ersten zaghaften (und daher noch durchweg positiven) Erfahrungen mit Alkohol gemacht. Regelmäßig trinkt noch keiner, da sie auch alle selbst noch kein Bier kaufen können. Und einen Vollrausch hat noch keiner der fünf hinter sich. Aber immer mal wieder kann jemand etwas von dem flüssigen Gold beschaffen, worüber sie sich, wie eben auch jetzt, immer besonders freuen. Nur Martin hat etwas Bedenken, dass die Temperatur des Getränks zu hoch sein könnte. Sie sind sich zwar einig, dass diese nicht optimal sein wird, aber durch die doch stark gesunkenen Außentemperaturen im Bereich des Akzeptablen liegen sollte. Dem ist tatsächlich auch so. Sie suchen sich also eine Bank, setzen sich auf diese (zu fünft etwas eng, aber geht) und teilen brüderlich, während sie sich prächtig unterhalten.

Als die Dosen leer und sie alle zwar nicht voll, aber bereits etwas angeheitert sind, fragt Kalle: „Und Jungs, was machen wir jetzt noch? Wird langsam frisch!"

Kurt antwortet: „Meine Eltern sind gerade glaub' ich nicht da und wir haben bestimmt noch Bier zuhause. Wir könnten also zu mir. Ich darf mir da sogar ganz offiziell was davon stibitzen."

„Genial", meint Roland und auch der Rest ist von dieser Idee durchaus angetan.

„Wo sind Deine Eltern?", fragt Jens.

„Theater oder Kino, glaub ich. Eins von beidem.", antwortet Kurt. „Also so ewig sind die wahrscheinlich nicht weg, aber lohnt sich bestimmt noch, wenn wir jetzt los gehen."

Gesagt, getan. Da sich allerdings bei manchen von ihnen schon wieder der Magen meldet und fragen lässt, ob da denn nicht vielleicht auch nochmal was Festes nachkommt, machen sie nochmal einen kleinen Schlenker zu dem Laden mit den goldenen Bögen, essen dort eine Kleinigkeit und marschieren dann weiter.

Kurt hat sich nicht getäuscht und sie haben die Bude tatsächlich für sich (Kurt ist Einzelkind, muss man wissen) und Bier ist auch noch reichlich vorhanden. Sogar im Kühlschrank. Sie haben also noch einen wirklich schönen, etwas ‚feucht-fröhlichen' Abend in bester Laune. Nicht extrem lang (es müssen ja schließlich auch noch alle heimlaufen) und auch nicht mit zu viel Alkohol (allerdings etwas mehr, als sie bislang gewohnt waren), aber auf jeden Fall so, dass sie eine sehr gute Zeit haben.

Am Sonntag sind sie dann jeder für sich bei ihren Familien. Auch mal nett, aber eben unspektakulär. Allerdings sind sie alle irgendwie gespannt auf den Montag. Zum ersten Mal erlebt Roland einen Sonntag, an dem der Montag nicht bereits wie ein Damoklesschwert über ihm schwebt und ihm jeglichen Wochenend-

Genuss zu vermiesen droht, sondern er denkt oft an das, was kommen könnte (und natürlich an das, was gewesen ist).

Als sie sich dann am nächsten Montag morgen wieder sehen, sind sie alle so pünktlich, dass sie noch ein paar Minuten haben, bevor ihr Lieblingsfach bei ihrer Lieblingslehrerin beginnt. Sie bringen gegenseitig ihre Aufregung zum Ausdruck, sind dabei aber sehr leise, da auf keinen Fall jemand anderes davon mitbekommen soll. Und so weit ist die ‚letzte Reihe‘ ja nun auch nicht ab vom Schuss. Sie besprechen noch kurz, ob sie sich normal verhalten sollten, um nicht aufzufallen oder möglichst brav zu sein und es so wirken zu lassen, als würde dies an der Strafarbeit liegen. Sie entscheiden sich für ‚irgendetwas dazwischen‘. Sie unterhalten sich tatsächlich wenig, schlafen auch nicht, folgen dem Unterrichtsgeschehen aber natürlich dennoch kein Bisschen, da sie ja die ganze Zeit auf eine Durchsage warten. Lange Zeit passiert nichts. Außer dass die Lehrerin alle von ihnen mal wieder kalt erwischt und sie noch nicht mal wissen, was die Frage war. Bis auf Kalle bei einer Frage. Sehr zum Erstaunen der anderen vier sowie wohl auch der restlichen Klasse und wie es scheint sogar der Lehrerin. Eine Durchsage aber bleibt aus.

Als sie sich in der nächsten Pause wieder auf dem Schulhof zusammenfinden, meint Roland als erster: „Ja gut, war auch irgendwie klar. Vor und in der ersten Stunde werden die Klos natürlich noch nicht so ausgiebig genutzt. Aber jetzt nach der Pause könnte durchaus was kommen."

Das leuchtet auch den anderen offenbar ein.

„Selbst, dass es erst in der zweiten Pause auffällt, könnte sein", ergänzt Kurt.

„Also warten wir einfach mal ab. Gut Ding will schließlich Weile haben", meint Martin.

„Ja das stimmt, aber wenn man dann schließlich und endlich die Spülung betätigt, wird es spannend für uns", ergreift Kalle mal wieder die Chance für einen seiner Witze, der wie meistens auch durchaus gut, in diesem Fall sogar sehr gut, bei den anderen ankommt und auch auf Anhieb von allen verstanden wird.

In der nächsten Stunde klopfen ihre Herzen noch einmal etwas mehr. Lustigerweise lesen sie im Deutschunterricht gerade ein Buch, in dem es um Deiche geht. Dies löst einige Verknüpfungen in ihren Köpfen aus, die bei den übrigen Mitschülern vermutlich nicht ausgelöst werden. Jedenfalls noch nicht …

Etwa zur Mitte der Stunde ertönt dann das (in diesem Fall von fünf Schülern sehnlich erwartete) Rauschen. Roland spürt, wie sein Herz plötzlich bis zum Anschlag schlägt. In der Pause hat er zwar so getan, als würde bestimmt noch etwas kommen, aber ein wenig unsicher, ob sich die ganze Sache nicht einfach buchstäblich aufgelöst hat, ist er sich eigentlich schon. Und dass es nun tatsächlich so weit sein könnte, dass sich die Folgen ihrer Aktion bemerkbar machen, lässt seinen Puls einfach sehr stark ansteigen. „Liebe Schüler, erst einmal wünschen wir Euch einen guten Start in die neue Woche", ertönt es in schlechter Audio-Qualität, wie man es vom Lautsprecher in diesem Klassenzimmer auch nicht anders gewohnt ist. „Leider scheint es auch in dieser Woche schon wieder ein Problem mit der Abwasserleitung zu geben, weswegen wir uns gezwungen sehen, die Nutzung der Toiletten erneut bis auf Weiteres zu untersagen. Wir hoffen, dass sich das Problem wieder schnell – und diesmal hoffentlich nachhaltig – lösen wird. Wir Bitten, die Unannehmlichkeiten zu entschuldigen." Die fünf Jungs versuchen, so überrascht wie möglich zu schauen, vor allem aber wollen sie natürlich schauen, wie die anderen denn so schauen. Manche scheinen etwas belustigt, schütteln die Köpfe, andere sieht man aber auch schon wieder sich gegenseitig nervöse Blicke zu werfen. Allerdings weniger als beim letzten Mal. Vermutlich, weil der Spuk da so schnell vorbei war. Und es scheint aktuell nur genau fünf Personen zu geben, die wissen, dass der Spuk dieses Mal aller Voraussicht nach durchaus nicht so schnell vorbei sein wird.

Der Deutschlehrer, ein jüngerer Mann, scheint die Sache recht locker zu sehen. Er meint recht trocken: „Was schon wieder? Na ja, werdet ihr aushalten. Zur Not gibt's hier ja auch Büsche und Bäume."

Die Reaktionen auf diese Aussage fallen gemischt aus: Während die einen durchaus Zuspruch zum Ausdruck bringen, scheinen manche dies ganz und gar unmöglich zu finden. Welcher Gruppe die fünf Jungs angehören, muss an dieser Stelle wohl nicht mehr erwähnt werden. In dieser Stunde kommt allerdings keine weitere Durchsage mehr.

Als sie sich in der nächsten Pause wieder zusammen finden und den Eindruck haben, dass niemand hört, was sie sagen, meint Kalle: „Ok, es zeigt Wirkung, aber die haben wohl da unten noch gar nicht nachgeschaut."

„Stimmt, denn mit unseren Spuren wäre das sonst natürlich bestimmt schon aufgefallen", bestätigt Roland.

„Außer die Putzkolonne war nochmal da", meint Martin.

„Ne, doch nicht sonntags", antwortet Kalle.

„Stimmt auch wieder", meint Martin wiederum.

„Dann warten wir einfach mal, was noch kommt", sagt Jens.

„Ich denke mal, einiges…", meint Kurt dazu und lächelt verschmitzt.

„Aber wenn was kommt, weiß keiner wohin damit", kommentiert Kalle und verleiht der Diskussion damit endlich ein gewisses Niveau … nur eben kein hohes. Aber daran ist auch niemand interessiert. Sie lachen lieber, so auch dieses Mal.

„Vermutlich wird der Zulauf zur Turnhalle groß sein", meint Roland, während auch er noch lächelt.

„Also, je nachdem wie erfolgreich wir waren, könnte die meines Erachtens auch betroffen sein. Die müsste eigentlich schon an dasselbe Kanalisationssystem angeschlossen sein", antwortet Martin darauf.

Sie einigen sich darauf einfach abzuwarten, was die nächste Stunde so bringt … also an interessantem Unterrichtsstoff, versteht sich. Sie gehen also mit Freude darüber, dass ihre Missetat bereits Wirkung zeigt, aber auch nach wie vor mit etwas Aufregung, ob sie denn noch mehr Wirkung zeigen wird und doch auch einer gewissen Sorge, dass man ihnen doch auf die Schliche kommen könnte, in die nächste Unterrichtsstunde. Diesmal müssen sie gar nicht lange warten. Schon etwa fünf Minuten nach Unterrichtsbeginn ertönt das ihnen wohl bekannte Rauschen und kurz darauf erklingt auch schon die Stimme der Sekretärin: „Liebe Schülergemeinde, offenbar scheint das Problem diesmal größer zu sein und sich sogar noch verschärft zu haben, da sich offenbar nicht alle an die Aufforderung zur Nicht-Nutzung gehalten haben. Wie es scheint, ist diesmal auch die Turnhalle betroffen. Der Hausmeister meint, er hat so etwas noch nicht erlebt. Wenn es etwas Neues gibt, informieren wir Euch selbstverständlich. So lange gilt weiterhin ein Verbot der Nutzung sämtlicher Toiletten mit der energischen Bitte des Rektors, sich an dieses zu halten, wenn es sich nicht um allergrößte Notfälle handelt."

Der Englischlehrer, ein, zumindest aus der Perspektive der Jungs heraus betrachtet, schon etwas älterer Mann, der sich durchaus schon das ein oder andere Mal von seiner humorvollen Seite gezeigt hat, weswegen er bei den fünf Jungs auch vergleichsweise hoch im Kurs steht (was jedoch nicht bedeutet, dass sie seinem Unterricht allzu aufmerksam folgen, wofür der gute Mann aber wiederum überhaupt nichts kann), beweist sogleich einmal mehr, dass er Humor hat, indem er einen Spruch tut, den man eigentlich eher von Kalle erwartet hätte: „Wohl dem, der bei Verstopfung Verstopfung hat."

Da kann sich natürlich keiner der fünf Jungs das Lachen verkneifen. Die Kunst ist nun, sich unauffällig auffällig zu verhalten, es also weder in die eine noch in die andere Richtung zu übertreiben, um keinerlei Verdacht auf sich zu lenken, das ist ihnen allen klar.

„Da merkt man, dass Sie die Philosophie-AG leiten", entschließt sich deshalb Kalle, etwas zu sagen, wie man es von ihm erwarten würde.

Der Lehrer lächelt nur und meint: „Du kannst gerne auch mal vorbei kommen. Ist jeden Freitag Nachmittag."

„Ah Mist, da muss ich meistens Nachsitzen", antwortet Kalle zunächst trocken, muss dann aber selbst lachen.

„Ach so, ja dann…“, antwortet der Lehrer wiederum und muss ebenfalls lachen.

Es gibt also mindestens sechs Personen im Klassenraum, die durch diese neuerliche Entwicklung durchaus amüsiert sind. Es ist jedoch gut möglich, dass sie tatsächlich die Einzigen sind. Jedenfalls sehen Roland und die anderen vier einigen an, dass sie absolut entsetzt sind, dass jemand – und dann auch noch der Lehrer – über diese Sache auch noch einen Witz macht. Sei es, weil sie so schockiert von dieser Nachricht an sich sind oder weil sie diese Art von Humor im Allgemeinen abstoßend finden … oder beides. Da sind sich die fünf Jungs auch alle nicht so ganz sicher, wie sie bei einem kurzen Austausch feststellen.

Nur Kalle wagt es, sich festzulegen: „Denke, die meisten finden so einen ‚Kack-Humor‘ einfach scheiße…“, meint er.

Nach weiteren fünfzig Minuten, in denen der Lehrer versucht, Unterricht zu machen, was wegen der allgemeinen psychischen Verfassung einiger Schüler (sei diese nun in die eine oder in die andere Richtung vom Normalzustand abweichend) tatsächlich nur mittelmäßig funktioniert, ertönt erneut das Rauschen des Lautsprechers. Diesmal ist jedoch eine zwar wohl bekannte aber an dieser Stelle doch unerwartete Stimme zu vernehmen. Der Rektor persönlich spricht offenbar in das Mikrofon. Und zwar die folgenden Worte: „Liebe Schülergemeinde, wie sich mittlerweile herausgestellt und wie ich mit Erschütterung zur Kenntnis genommen habe, ist die Verstopfung unserer gesamten Kanalisation diesmal nicht nur von erheblichem Ausmaß, sondern wie es scheint sogar mutwillig herbeigeführt. Dem System der Kanalisation wurde offenbar über eine frei zugängliche

Stelle eine Substanz zugeführt, die verklumpt und verhärtet ist, sodass an dieser Stelle keine oder kaum noch Flüssigkeit durchkommt. Ein Kanalreinigungsdienst ist bereits informiert. Dieser wird allerdings voraussichtlich erst morgen kommen können. Da die Schulleitung einen Besuch der Schule ohne Zugang zu sanitären Anlagen als nicht zumutbar eingestuft hat, dürfen morgen alle Schüler zuhause bleiben. Den Lehrkräften bleibt allerdings vorbehalten, umfangreichere Hausaufgaben für diesen Zeitraum zu erteilen." Dann macht er eine kurze Pause. Es ist zu spüren, wie der Schock durch die Nachricht, dass die Toiletten auf lange Sicht außer Betrieb bleiben, bei den einen in absolute Erleichterung (fast so, als wären die Toiletten benutzbar) beziehungsweise große Freude (gerade auch bei denen, die zuvor weniger schockiert gewirkt haben) umschlägt. Dann fährt der Rektor allerdings fort: „Sollten die Verantwortlichen für diese ungeheuerliche Tat Schüler unserer Schule sein, kann ich diesen nur dringend raten, sich zeitnah zu stellen, für ihre Tat geradezustehen und wenigstens noch mit etwas Ehre aus dieser Sache herauszukommen. Denn früher oder später werden wir den oder diejenigen so oder so zu fassen kriegen. Und dann wir die Sache viel Geld kosten. Wer auch immer dafür verantwortlich ist, darf seine Eltern schon einmal vorbereiten, dass sie mindestens einen Teil davon zahlen müssen. Da bei diesen Kindern in der häuslichen Erziehung so einiges schief gelaufen ist, werden selbstverständlich auch noch harte Strafen von der Schule erfolgen, um zu gewährleisten, dass diese überhaupt erfolgen. Aber ich rate Euch: Versucht dem nicht feige zu entgehen. Stellt Euch, denn wir kriegen Euch. Glaubt es mir." Dann abrupter Abbruch.

„Was manche immer über die Erziehung anderer Leute zu wissen glauben…", kommentiert der Englischlehrer diese im Ton immer aggressivere Ansage seines Chefs. Dann scheint ihm einzufallen, dass er dessen Autorität eigentlich nicht untergraben sollte, auch wenn ihm persönlich nicht zusagt, was dieser von sich gibt, sodass er noch hinterher schiebt: „Aber er hat natürlich Recht: Es ist immer besser, sich zu stellen. Ich glaube aber nicht, dass das einer von Euch hier war, deswegen kann Euch das ja egal sein. Vielleicht waren das auch welche von der Abendschule oder ganz andere."

Die fünf Jungs versuchen, so unbeteiligt wie möglich auszusehen, schauen sich alle instinktiv im Klassenzimmer um und schütteln dann die Köpfe, um zu bestätigen, dass auch sie es hier niemandem zutrauen würden. Etwas nervös hat sie die Ansage des Rektors allerdings doch gemacht. Sie sind so von der Rolle, dass sie die letzte Viertelstunde im Unterricht aufpassen, wie sie sich später gegenseitig bestätigen. Dieser dauert eben allerdings nicht mehr lange an und sie dürfen bald darauf gehen. Sie verlassen das Schulgelände, vorbei an einigen an Büschen stehenden Mitschülern, ohne viel zueinander zu sagen, jeder unterdrückt ein Grinsen und sie laufen direkt zu ihrem ‚Feld-Platz'.

Als sie dort ankommen, meint Kalle zu den anderen: „Leute, wegen uns fällt morgen den ganzen Tag der Unterricht aus, wir sind Helden!", und strahlt bis über beide Ohren.

„Dürfen es allerdings nie jemandem sagen", bremst Roland die Euphorie zwar etwas, kann sich ein breites Grinsen aber auch selbst nicht verkneifen.

„Heimliche Helden sind wir!", schaltet sich nun Martin ein. Der Rest nickt.

„Heimliche Helden!", wiederholt Kurt.

„Ich nehme an, keiner von uns will sich stellen", meint Jens höchstens halb ernsthaft.

„Ne, ganz bestimmt nicht", antwortet Kalle prompt.

„Schon gar nicht nach der miesen Ansage vorhin", bekräftigt Roland als erster.

„Aber echt ... der hat unsere Eltern beleidigt, der Sack", stimmt auch Kurt zu. Da sind sie sich wirklich alle einig.

„Der musste bestimmt auch mal", schließt Kalle gewissermaßen den Kreis, da die Idee ja erst durch die schlecht gelaunte Mathe-Lehrerin, die seinen Spruch nicht lustig gefunden hat, entstanden ist, wie Roland richtig anmerkt.

„Schade, dass wir der nicht begegnet sind", meint Kurt.

Martin jedoch meint: „Hätte ihre Reaktion einerseits auch gerne gesehen, aber die hat uns bestimmt im Verdacht und ein Blick in ihre Augen hätte uns womöglich schon halb verraten."

Da müssen auch die anderen zustimmen.

„Jetzt brauchen wir konsequenterweise nur noch was, um den Direx so richtig in die Pfanne zu hauen", meint Kalle wiederum und denkt damit schon einen Schritt weiter.

Martin bleibt jedoch im Hier und jetzt und fragt mit ernster Stimme: „Aber Jungs mal ehrlich, glaubt ihr, die kriegen uns?"

„Nie im Leben", schießt es sofort aus Kalle heraus. Dann führt er aus, wie er darauf kommt: „Die haben nichts in der Hand. Wenn der will, dass man sich stellt, würde er doch den Druck erhöhen und so etwas sagen wie ‚Sollten die drei Gestalten mit dunkler Kleidung und Rucksäcken Schüler von unserer Schule sein' ... Der hat bestimmt schon die Verantwortlichen des Abendgymnasiums angerufen. Man hat uns nicht gesehen!" Das überzeugt die anderen. Kalle fährt fort: „Die kriegen uns nur, wenn jemand von uns was verrät."

„Niemals!!!", meinen sie alle einstimmig.

„Dann kriegen sie uns nicht!", meint Kalle und strahlt dabei mit seinem Grinsen absolute Zuversicht aus.


Und tatsächlich, es wurde ihnen bis zum heutigen Tage nichts nachgewiesen, auch wenn es ein paar Mal vielleicht knapp war. Das hat Roland mir ganz stolz versichert...

## Über den Autor Nicolas Lange:

Nicolas kenne ich schon sehr lange und schätze seine anspruchsvollen Texte sehr. Bereits seine erste Geschichte sprach seinerzeit die Leser sehr an. Sie ist in „Vorhang auf für Nikolaus, Weihnachten und Ferien" veröffentlicht.

Auch seine neuen Geschichten, die nach und nach erscheinen werden, sind äußerst vielversprechend. Sie haben stets sowas ganz Besonderes, Einzigartiges an sich.

Derzeit lieferbare Bücher mit Texten von Nicolas Lange:

„Vorhang auf für Nikolaus, Weihnachten und Ferien"

„Bühne frei für Fasching und Halloween"

„Halloween, Drache und Alpaka im Scheinwerferlicht"

„Mord beim veganen Lieferservice und Imbiss"

Weitere Bücher sollen folgen!

**Bücher von Ralf Neubohn:**

**Krimi:**

„Mörderisch gut"

„Die Gartenschau-Morde"

**Fantasy Krimi:**

„Der geheimnisvolle Tod des Werwolfs"

„Merlin und die mysteriösen Morde auf dem Ponyhof"

„Merlin und der unheimliche Hexenjäger"

„Geheimnisvolle Banshee"

„Merlin, Banshee und der geheimnisvolle Henker"

„Mord beim veganen Lieferservice und Imbiss"

„Banshee und die mysteriösen Schulmädchenmorde"

**Tier Krimi:**

„Mord auf dem Alpaka- und Lamahof"

**Science Fiction Krimi:**

„Sam Space"

**Lama und Alpaka Reihe:**

„Weihnachten mit Alpaka, Lama und der schussligen Hexe"

„Zauberhafte Ferien mit Alpaka und Lama"

„Der magische Hof, der Drache und die schusslige Hexe"

„Magische Stippvisite vom Drachen und der Hexe"

„Hof-Gala für Fee, Einhorn und Kamel"

„Geheimnisvolle Weihnachten mit Hexe, Drache und schüchterner Fee"

„Magische Reisen mit schussliger Hexe und schüchterner Fee"

„Weihnachtszauber im magisch-chaotischen Hofcafé der Hexe"

**Alpaka Reihe:**

„Die Alpakas vom Nikolaus"

„Der Nikolaus und sein Alpaka auf Tournee"

„Applaus für Alpaka und Osterhase"

„Das Comeback des geheimnisvollen Alpakas"

„Premieren-Abend mit Alpaka und Phönix"

„Halloween, Drache und Alpaka im Scheinwerferlicht"

„Das magische Alpaka und der Drache"

**Gedichte**

„Hier und Jetzt"

„Frisch gewagt"

**Gedichte und Kurzgeschichten**

„Die zauberhaften Altbohns"

**Bücher mit schwarzen Humor Gedichten**

„Die Gartenschau-Morde"

„Tod auf dem Kaktus"

„Neues vom 1. April"

## Gartenschau Trilogie

„Flammenfeder live von der Gartenschau"

„Gartenschau Phantasie"

„Herzlich willkommen Gartenschau"

„Galaabend für die Gartenschau"

„Abschiedsvorstellung für die Gartenschau"

„Die Gartenschau-Morde"

„Tod auf dem Kaktus"

„Neues vom 1. April"

„Gartenschau Magie"

„Die Gartenschau im Rampenlicht"

## Heiteres aus dem Autorenleben

„Im Tal der Autoren"

„Alle Autoren an Bord"

„Terry ein Schotte in Schwaben"

„Die zauberhaften Altbohns"

**Fantasy**

„Premieren-Abend mit Alpaka und Phönix"

„Halloween, Drache und Alpaka im Scheinwerferlicht"

„Das magische Alpaka und der Drache"

„Weihnachten mit Alpaka, Lama und der schussligen Hexe"

„Der magische Hof, der Drache und die schusslige Hexe"

„Magische Stippvisite vom Drachen und der Hexe"

„Hof-Gala für Fee, Einhorn und Kamel"

„Geheimnisvolle Weihnachten mit Hexe, Drache und schüchterner Fee"

„Magische Reisen mit schussliger Hexe und schüchterner Fee"

„Weihnachtszauber im magisch-chaotischen Hofcafé der Hexe"

„Der geheimnisvolle Tod des Werwolfs"

„Merlin und die mysteriösen Morde auf dem Ponyhof"

„Merlin und der unheimliche Hexenjäger"

„Geheimnisvolle Banshee"

„Merlin, Banshee und der geheimnisvolle Henker"

„Mord beim veganen Lieferservice und Imbiss"

„Banshee und die mysteriösen Schulmädchenmorde"

## Jahresfeste

„Weihnachten mit dem literarischen Kleeblatt"

„Auf der Suche nach dem verlorenen Osterei"

„Weihnachten und Silvester mit Flammenfeder"

„Vorhang auf für Nikolaus, Weihnachten und Ferien"

„Bühne frei für Fasching und Halloween"

„Die Alpakas vom Nikolaus"

„Die Bettsocken vom Weihnachtsmann"

„Silvester und Weihnachtsmarkt geben sich die Ehre"

„Der Nikolaus und sein Alpaka auf Tournee"

„Applaus für Alpaka und Osterhase"

„Halloween, Drache und Alpaka im Scheinwerferlicht"

„Das Comeback des geheimnisvollen Alpakas"

„Weihnachten mit Alpaka, Lama und der schussligen Hexe"

„Geheimnisvolle Weihnachten mit Hexe, Drache und schüchterner Fee"

„Weihnachtszauber im magisch-chaotischen Hofcafé der Hexe"

## Nachwort

Liebe Leser,

Sie sind nun an das Ende unseres kleinen Büchleins gekommen. Wir hoffen, Sie gut und abwechslungsreich unterhalten zu haben.

Falls Sie beim Lesen auf den Geschmack gekommen sind, so gibt es von uns viele weitere schöne Bücher zum selber Genießen oder als originelles Geschenk für andere. Etwa zu Ostern, Weihnachten und Geburtstagen.

Mit freundlichen Grüßen und hoffentlich bis bald!

Ihr Ralf Neubohn

Im 5. FantasyKrimi bekommt es Merlin mit einem äußerst mysteriösen Henker zu tun, der seine Opfer an einsamen Wegen auf die bizarrsten Weisen tötet. Was ist sein Motiv für die extrem schaurigen Morde? Probiert er einfach nur alle Hinrichtungsarten vom Altertum bis zu Merlins Zeiten durch? Oder steckt da etwas viel Düsteres dahinter? Einer der rätselhaftesten Fälle des Zauberers und Amateurdetektivs Merlin. Doch auch die anderen neuen Fälle haben es in sich, zumal die gefährliche Banshee öfters Merlins Wege kreuzt

FSC
www.fsc.org
MIX
Papier | Fördert
gute Waldnutzung
FSC® C083411

Zeitfracht Medien GmbH
Ferdinand-Jühlke-Straße 7
99095 Erfurt, Deutschland
produktsicherheit@kolibri360.de